校註
飲氷錄

善本燕行錄校註叢書17세기 ①

校註

飮氷錄

朗善君 李俁 著

金允朝・金敏學 校註

성균관대학교
출판부

〈善本燕行錄校註叢書〉를 간행하며

　　성균관대 대동문화연구원은 1960년 〈燕行錄選集〉(상, 하 2책)을 영인하여 학계에 연행록 자료의 중요성을 처음 알렸고, 민족문화추진회(현 한국고전번역원)에서 1976년부터 여기 실린 자료 20종을 국역 간행함으로써 학계를 넘어 고전의 대중화에 기여하였다. 그 뒤 2001년 임기중 편 〈연행록전집〉(동국대 출판부, 전100책)으로 자료의 방대한 수집이 이루어짐으로써 연행록 연구는 중국, 일본 등 국제적으로 확산되었다. 2008년 성균관대 대동문화연구원에서는 〈연행록선집보유〉(전3책)를 간행하였고, 2011년에는 성균관대 동아시아학술원과 푸단(復旦)대학 문사연구원이 〈한국한문연행문헌선편〉(전30책)을 공동 발행하여 연행록에 대한 국제적 관심을 불러일으켰고, 동시에 전근대 동아시아 국가간의 문학으로 또는 사료로의 사행기록의 다양한 자료들이 집적되는 성과를 보였다.

　　이처럼 연행록의 학술적 가치와 대중적 독서물로서의 저변이 확대되고 있음에도 불구하고, 이 과정에 참여해온 연구자들이 보기에는 여전히 몇 가지 보완되어야 할 점들이 남아있다. 가장 중요한 점은 자료의 문제이다. 그 동안 연행록의 수집, 발굴에 많은 연구자들이 노력해왔고, 그 결과 500종에 가까운 자료가 집적되었다. 이제는 선본 자료의 선별과 이에 대한 엄밀한 학술적 검토가 더 필요한 시점이 되었다. 아울러 지금도 새로 발굴되는 자료들이 있는데, 이 가운데에는 선본으로 분류될 중요한 자료들이 많다. 현재까지의 자료집에는 포함되지 못한 이 자료들을 소개하는 별도의 기획이 마련되어야 한다.

이에 성균관대 동아시아학술원에서는 관련 연구자들이 모여 〈선본연행록교주총서〉를 준비하게 되었다. 전체 종수는 40종 내외로 예정하고 있고, 1종 1책을 원칙으로 하되 16세기, 17세기, 18세기, 19세기로 분류하고 기존 연행록 총서에 수록된 자료 중 선본과 미수록 신발굴 선본을 적절히 안배하여 계속 간행할 예정이다. 이 교주본 총서에는 다음과 같은 부수적 의의도 갖는다. 첫째, 후속 학문세대에게 한문원전 校註의 훈련이 절실히 필요하기에, 중견연구자와 신진학자가 공동으로 작업하여 원전 텍스트의 교점과 주석의 훈련을 겸한다. 둘째, 우수한 번역본을 내기 위한 전단계로서 의미가 있다. 한국의 경우 번역본이 동반되지 않은 교주본을 출판하는 사례가 극소하고, 학계에서도 그 효용성에 의문이 제기될 수 있다. 교주본은 번역서의 중간단계이고, 전근대 동아시아 공동문자였던 한문원전에 대한 독해 분석력 제고는 물론, 교점주석에 대한 수준이나 이해를 높일 수 있다.

끝으로 이 기획의 의의를 깊이 공감하고 발간을 적극 지원해주신 동아시아학술원 김경호 원장께 감사드린다.

2022년 12월
기획위원 김영진, 안대회, 진재교

| 차 례 |

6

飮氷錄

1. 자료의 개관

이 책은 朗善君 李俣(1637~1693)가 17세기 후반에 세 차례 연행에서 남긴 일기 형식의 기록을 하나로 모은 것이다. 낭선군은 자가 碩卿, 호는 觀蘭亭이고, 인흥군의 아들이며 선조의 손자다. 낭선군은 무엇보다도 『大東金石書』의 저자로 저명하거니와, 금석과 서화의 수집과 감상, 연구로 조선 후기 문화 발전에 크게 기여한 인물이다. 문집이 남아 있지 않아서 아쉽지만, 그의 연행 기록이 남아 있는 것은 참으로 반가운 일이다.

낭선군 이우는 세 차례 연행을 하였는데, 그때마다 일기 형식으로 기록을 남겼다. 『飮氷錄』이라는 표제에 내지는 154면 77장으로 된 필사본이다. 첫 면의 첫 행에 '燕京錄'이라고 쓰였고, 바로 이어서 작은 글씨로 '癸卯'라고, 연행의 시기를 기록해두었다. 계묘년은 1663년으로, 조선 현종 4년, 청 강희 2년이고, 낭선군이 27세, 만으로는 26세 되던 해이다. 낭선군의 첫 연행이었는데, 지금 기준으로는 놀랍도록 젊은 나이에 正使로 발탁되었다고 할 수 있겠다. 세차례 연행 기록 중에서 가장 자세하고, 따라서 기록은 양적으로 풍부하다.

첫 번째 연행인 계묘년 연행기가 절반을 훨씬 넘는 86면을 차지해서 기록이 제일 자세하고, 두 번째 연행인 신해년(1671. 현종 12년) 기록은 87면부터 122면까지 35면, 세 번째 연행인 병인년(1686. 숙종 12년) 기록은 123면부터 153면까지 30면이다.

내지 첫 면의 상단에 '국립중앙도서관장서인'이라는 네모나고 큼직한 한글 장서인이 4행에 걸쳐 놓여 있다. 첫 두 행의 아래쪽에는 작은 장서인 두 개가 있지만 복사본으로는 글자를 알아볼 수 없다. 내지 19면 하단에 '55917'이라는, 도서관의 분류기호가 있다. 책의 제일 뒤쪽, 154면 하단 좌측에도 篆書로 된 장서인 하나가 두 행에 걸쳐 있지만, 내용을 읽을 수는 없다. 아마도 첫 면 하단의 두 장서인 가운데 위쪽은 '朗善君章', 아래쪽은 그의 字인 '碩卿'일 가능성이 있고, 책의 끝면 장서인도 낭선군과 관련된 인장일 듯하다. 낭선군이 소장하고 있던 서적들에 두 장서인이 아래위로 나란히 놓여 있는 예가 많다. 한 사람의 미려한 필적으로 필사된 이 책은 현재 부산대학교 도서관 소장본이다. 곡절을 알 수는 없지만 이전에는 국립중앙도서관 소장본이었던 듯하다.

낭선군이 자기 연행록의 전체 제목을 『음빙록』이라고 하거나 內題를 『연경록』이라고 한 데는 청나라를 대하는 그와 그 시기 곧 17세기 후반 조선 사대부의 정서가 반영되어 있다. 그나마 첫 기록인 계묘년 연행기에만 『연경록』이라는 이름을 두었고, 이후 두 차례 연행기에는 '又'라는, 지극히 수월한 한 글자를 붙였을 뿐이다. 기록된 내용에서 청나라에 대한 특별한 적대감이나 멸시는 보이지 않는데, 청나라를 대하는 자기 입장을 제목에서 뚜렷하게 드러낸 듯하다. 음빙이란 얼음물을 마신다는 의미이거니와, 『莊子』 「人間世」에 "내가 오늘 아침에 사신으로 가라는 명을 받고는 속이 뜨거워져 저녁에 얼음물을 마셨다."는 말에서 유래한다. 걱정이 돼서 마음이 초조해지고 뜨거워지는 것이고, 해결의 방도가 얼음물을 마시는 것이다. 곧 사신 임무 수행의 어려움을 말한다.

명나라에 사신으로 간 기록은 대개 '朝天', 청나라에 사신으로 간 기록은 대개 '燕行'이라는 말이 들어간다. 17세기 후반의 대표적인 산문 연행록으로 麟坪大君의 『燕途紀行』(1656), 鄭太和의 『飮氷錄』(1662), 任義伯의 『今是堂燕行日記』(1664), 洪命夏의 『燕行錄』(1664), 朴世堂의 『西溪燕錄』(1668), 閔鼎重의 『燕行日記』(1669), 成後龍의 『赴燕日錄』(1669) 등이 있다.[1] 『음빙록』이라는 제목을 붙인 경우는 흔치 않은데, 낭선군 이외에는 비슷한 시기 정태화의 사례가 보일 뿐이다. 그런데 梁啓超 飮氷室의 예가 있거니와, '음빙'이라는 말이 단순히 사신의 어려움만 가리키지는 않는다고 생각된다. 두 차례 胡亂에서 시간적으로 그리 멀지 않은 조선의 내부적 상황과 함께 청나라를 바라보는 저자의 시각이 반영된 말이다. 표

---

[1] 김영진, 「歸巖李元禎燕行錄 해제」, 세종대왕기념사업회, 2016.

지 안쪽 책의 내제는 '음빙록'이라는 제목 다음에 '燕京錄 癸卯', '又 辛亥', '又 丙寅'이라고 쓰였다. 끝내 '연행'이라는 말은 거부하고 있다. 섣부르지만, 조선 왕실의 정서를 반영한 결과라는 짐작이 든다.

낭선군의 『음빙록』은 한국고전적종합목록시스템에 다음과 같이 기록되어 있다.

1冊(80張)：四周單邊 半郭 19.7 × 14.0cm, 有界, 10行20字 注雙行, 內向3葉花紋魚尾；24.7 × 17.1cm. 원본소장기관：釜山大學校圖書館所藏

2. 저자 낭선군

『연경록』의 저자인 낭선군 李侯는 일찍이 널리 알려진 인물이지만 아직도 제대로 알려지지 않은 인물이기도 하다. 먼저, 『한국민족문화대백과사전』의 기술을 그대로 옮겨둔다.

본관은 全州, 자는 碩卿, 호는 觀瀾亭, 尙古齋. 선조의 제12남 仁興君 李瑛의 장남이다. 역대 왕실 및 금석문 자료 편찬, 서화가들의 작품 수습 등 17세기 조선 문화사에 많은 기여를 하였다.

이우의 생애 전반에 대해서는 작고하기 전에 저술한 『百年錄』 (1692)이라는 자서전에 자세히 밝혀져 있다. 1637년 음력 11월 11일 태어나 15세에 朗善君으로 봉해졌다. 1663년, 1671년, 1686년 세 번에 걸쳐 謝恩使로 차출되어 북경에 다녀왔고 1665년 현종의 온양 온천 行幸을 호종하였다. 1674년 효종 비 인선왕후 寧陵 조성 후 守陵官을 지냈고 1679~1683년에 『璿源錄』 편찬과 奉安 업무를 맡았다. 1688년에는 宣醞 의식을 거행하며 숙종의 명으로 종친을 대표해 시문을 지었다. 자손이 없어 全坪君 李濚을 양자로 삼았다.

1661년 역대 임금의 필적을 모아 『列聖御筆』을 간행한 것을 시작으로 御眞과 왕실 족보 편찬 등 종친 신분으로서 굵직한 왕실 행사를 주관하였다. 서예와 금석문에 대한 해박한 지식을 바탕으로 160여 편이 넘는 신도비문·묘갈명·현판 등을 썼고 1661년 『觀瀾亭石刻帖』, 1664년 『東國名筆』, 1668년 『大東金石書』를 간행하여 우리나라 서예가들의 필적이 전해지는 데 공헌하였다. 또한 고려~조선 화가들의 그림을 모은 『海東名畵帖』을 만들어 숙종에게 진상하기도 하였다.

宣祖系 종친들과 許穆·宋時烈 등 유학자, 趙涑·李壽長 등 서화가, 高僧들과 자신이 소장한 서책, 인장, 서화 작품을 열람하며 예술적으로 교류하였다. 書論의 한 종류인 『臨池說林』을 비롯하여 친족들의 일대기, 臥遊錄, 연행록을 저술하였다. 작품으로는 왕희지체를 잘 구사한 『蹲鴟帖』(1678), 『臨集字聖敎序』 등 서첩이 있고 전국 사찰에 비문이 여러 점 남아 있다. 숭록대부, 가선대부에 제수되었고 시호는 孝敏이다.

위에 언급되지 않은 자료로는 예컨대 고려대 도서관 소장 『郎善君書帖』이나 칠언절구 28자를 한 면에 한 글자씩 쓴 국립중앙도서관의 「朗善君李俁筆蹟」 같은 작품이 있거니와, 낭선군은 으레 서화와 함께 언급이 된다. 『실록』의 卒記도 마찬가지다.

낭선군 이우가 졸하였는데, 나이 57이었다. 이우는 인흥군 이영의 아들이며, 篆書와 隸書에 능하여 세상에 명망이 있었다. 시호는 효민이다. (숙종 19년 계유(1693) 4월 27일(경자))

낭선군의 작품이나 기록에 대한 연구는 아직 본격화하지 않았지만, 서화와 금석문 연구에서 그가 갖는 비중은 말할 것도 없이 크고 중요하다. 낭선군이 남긴 연행록이 이제 공개되는 것은 그 연구에 크게 기여하는 획기적인 일이 될 것이다.

3. 연행의 경과와 道程

낭선군 이우의 1차 연행은 현종 4년 계묘년(1663)의 일이었다. 낭선군 일행은 그해 여름인 5월 12일에 서울을 출발했으므로, 한여름 무더위와 장마로 고생이 예견되는 일정이었다. 18일 만인 5월 29일 의주에 도착하였고, 일반적인 경우보다 며칠을 더 지체하여 6월 5일 압록강을 건넜다. 의주에서 지체한 것은 여름비에 강물이 불어났기 때문이었다. 36일 만인 7월 12일 북경에 도착하여 25일을 머물고 8월 6일 북경을 출발, 30일 만인 9월 6일 압록강을 건넜다. 그 다음 날인 9월 7일 곧바로 의주를 출발해서 9일 만인

15일 서울에 도착하였다. 한여름을 통과하는 대략 넉 달간의 일정이었다. 서울을 출발해서 의주로 갈 때는 18일이 걸렸는데, 돌아올 때 의주에서 서울까지는 그 절반인 9일이 걸렸다. 정사인 낭선군과 부사인 이후산의 갈등이 원인이었다.

2차 연행은 현종 12년 신해년(1671)이었다. 1차 연행 이후 8년 만이었다. 낭선군 일행은 그해 겨울인 10월 22일 저녁에 서울을 출발해서 10일 만인 11월 1일 의주에 도착하였다. 1차 연행 때 5월 12일 서울을 출발해서 18일 만에 의주에 도착한 데 비해 매우 빠른 일정이었다. 11월 4일 압록강을 건너서 25일 만인 11월 29일 북경에 도착, 21일을 머물렀다. 12월 20일 북경을 출발해서 23일 만인 이듬해 1월 13일 압록강을 건너고 1월 23일에 서울 도착하였다. 대략 석 달간, 한여름이었던 1차 연행과 달리 그야말로 엄동설한 한겨울을 통과하는 일정이었다.

3차 연행은 15년 뒤인 숙종 12년 병인년(1686)이었다. 낭선군은 사은 겸 동지사의 정사로 연경을 방문하였다. 11월 4일 서울을 출발해서 20일 만인 18일에 의주에 도착하고, 24일에 얼어붙은 압록강을 건너 12월 26일, 33일 만에 북경에 도착하였다. 44일간 북경에 머물고 이듬해인 정묘년 2월 11일 북경을 출발, 29일 만인 3월 10일 의주에 도착하였다. 12일에 의주를 출발해서 22일에 서울에 도착했다. 역시 겨울 한 철을 이동하는 고된 여정이고 넉 달 보름이 소요된 제일 긴 일정이었다. 하지만 세 차례 연행 가운데는 유일하게 정기 사행으로 파견된 경우이고 북경 체류 기간도 제일 길어서, 상대적으로 고생이 덜한 여정이었다.

이상의 일정을 도표로 보이면 다음과 같다.

	1차(1663년)	2차(1671~1672)	3차(1686~1687)
서울 출발	5월 12일	10월 22일	11월 4일
의주 도착	5월 29일	11월 1일	11월 18일
도강	6월 5일	11월 4일	11월 24일
북경 도착	7월 12일	11월 29일	12월 26일
북경 체류 기간	25일	21일	44일
북경 출발	8월 6일	12월 20일	2월 11일
도강	9월 6일	1월 13일	3월 10일
의주 출발	9월 7일	1월 14일	3월 12일
서울 도착	9월 15일	1월 23일	3월 22일
소요 일정	120일	90일	136일

1차 연행에 대해서는 『현종실록』의 현종 4년 계묘(1663) 5월 9일(병자) 조에, "陳慰 兼 進香 正使 낭선군 李俁와 부사 李後山, 서장관 沈梓가 表文을 바치기 위해 청나라에 갔는데, 청나라가 喪을 당했기 때문이었다."고 기록되어 있다. 강희제의 생모인 慈和皇太后(1640~1663)의 죽음을 애도하는 진향사의 정사로 간 것이었다. 전례에 따라 같은 해 4월 5일에 삼사가 선발되었고, 5월 12일 새벽에 서울을 출발하였다. 출발할 때 배웅을 한 사람들의 면면을 보면 중요 인사가 아주 많다. 국가적인 대사였다는 생각이 든다.

영의정 정태화·좌의정 元斗杓·이조판서 洪命夏·호조판서 鄭致
和·우참찬 洪重普·병조판서 金佐明·대사헌 金壽恒·공조참판 具仁
壂·예조참판 李行進·도승지 南龍翼·예조참의 姜栢年·병조참의 洪
處厚·형조참의 權坽·호조참의 徐必遠 등과 많은 종친들이 배웅을
하였다. 술을 주고받고 여름철이라 당장 쓸모가 있는 부채에다 시를
써서 건네기도 하였다. 세 차례 연행기록 중에서 1차 연행기의 기록이
가장 상세하므로 많은 사람 이름이 보이지만, 뒤쪽의 두 차례 연행
역시 비슷한 절차였으리라고 짐작된다.

계묘년(1663), 1차 연행 일행의 규모를 알려주는 자료를 보자.
참여한 사람의 명단을 모두 기록한 「癸卯燕行一行題名記」가 남아
있다. 우선 三使를 보면 다음과 같다.

- 정사 : 숭헌대부 낭선군 李俁(1637~1693)
- 부사 : 첨지중추부사 李後山(1597~1675). 자는 子高, 병진년(1616)
  司馬, 무인년(1638) 정시, 본관은 龍仁
- 서장관 : 통훈대부 겸 사헌부 지평 沈梓(1624~1693). 자는 文叔,
  본관은 靑松

이후산은 연행을 가던 해인 계묘년에 나이 67세의 노인이었다.
그는 호가 雪坡이고, 대사간을 지낸 李士慶의 아들이다. 이후산의
신도비명과 그 부친 이사경의 묘갈명은 우암 송시열이 썼고, 그 형
인 後天의 묘갈명은 문곡 김수항이 썼다. 설파 이후산은 도곡 이의

현의 종증조부이고, 성호 이익의 이복형인 玉洞 李漵는 설파의 외손자다. 이후산이 강원감사로 있을 때 임진왜란에 무너진 감영 건물을 복구하기 위한 공사를 일으켜 흉년의 백성을 구제한 일이 좋은 정책의 본보기로 다산의 『목민심서』에 기록되어 있다(賑荒,「補力」). 『숙종실록』에 이후산의 졸기가 있는데, "이후산은 엄하고 무겁고 器局이 있어서 여러 차례 藩維를 맡았으며 가는 곳마다 치적을 나타내었다. (중략) 나이 79세였다."고 하였다(숙종 1년 을묘(1675) 5월 9일).

서장관 심재는 계묘년에 나이 마흔의 장년이었다. 호가 養拙齋이고 沈儒行의 아들이다. 그는 계묘년 연행 이후 14년 뒤인 1677년(숙종 3)에 사은 겸 동지부사로 다시 연행을 한 경험이 있다. 당시의 정사는 瀛昌君 李沈이었다. 심재는 남인의 과격파로, 1689년 기사환국 때 이조판서로 있으면서 송시열·김수항 등을 탄핵, 유배시켰다. 역시 『숙종실록』에 심재의 졸기가 있는데, "판중추부사 심재가 卒하였는데, 나이 70이었다. 심재는 故 相臣 沈喜壽의 증손인데, 사람됨이 反覆하여 속임수가 많아서 이미 그 무리들에게 미워함을 당하지 않았고, 또 士類에게 잘 아첨하여 조정의 政局이 여러 번 바뀌었는데도 지위와 대우가 쇠하지 않았었다."고 하였다(숙종 19년 계유(1693) 10월 21일(신묘)). 처세에 민첩하고 시세에 밝은 관료적 인물이었다.

삼사 다음으로는 군관과 打角이 기록되어 있다.

- 정사에 속한 군관 3인 : 전 僉正 韓義敏, 전 司果 韓信敏, 전 護軍 朴後亮
- 서장관에 속한 타각 : 전 司果 朴仁達
- 부사에 속한 타각 3인 : 전 別提 李柱箕, 전 習讀 徐孝得, 전 奉事 鄭夢得

그 다음으로는 역관과 寫字官, 의원 및 灣上 군관이다. 먼저 역관 9인이다.

嘉善 行司正 朴有㝚. 정사 陪行

折衝 행 사정 朴而𪗉. 부사 배행

上通事 前正 洪舜乾. 정사 乾粮

상통사 전 判官 金景賢. 부사 배행

質問 전 僉正 愼而行. 부사 건량

年少 전 奉事 鄭之玄. 서장 배행

女眞學 전 판관 黃貴益. 掌務

蒙學 전 주부 林震龍. 정사 배행

淸譯 전 司果 朴技䬯. 정사 배행

사자관과 의원 각 1인 및 만상 군관과 출신 각 1인은 다음과 같다.

사자관 上護軍 李彭年. 정사 배행

의원 전 주부 金以規. 부사 배행

만상 군관 전 주부 田士立

出身 李枝璇

종은 이름이 드러나 있는 承賢 등 11명이었는데 정사와 부사에 각 2명, 서장관에 1명, 당상 역관에 각 1명, 상통사에 각 1명, 掌務 역관에 1명, 사자관에 1명씩 배속되었다. 군관이나 타각, 의원에게 는 배속되는 종이 없고, 역관 가운데 박유기, 박이찰, 홍순건, 김경 현의 4인과 여진학 황귀익 및 사자관 이팽년에게 각각 하나씩 배속되었다.

書者로는 이름이 戒立으로 밝혀진 사람 이외에 둘이 더 있어서 모두 3명이 삼사에게 각 하나씩 배속되었다.

馬頭는 平立 등 12명인데, 삼사에게 각 1명씩, 정사와 부사의 건량에 각 1명, 삼사의 籠에 각 1명씩이 배속되었다.

表咨文 1명, 예물 2명, 首譯 1명.

引路로 明立 등 2명은 정사에 배속되었다.

左牽馬로 亂連 등 3명이 삼사에 각 1명씩 배속되었다.

廚子로 月明 등 4명이 정사와 부사에 각 2명씩 배속되었다.

軍牢로 海發 등 2명이 정사에 배속되었다.

말은 騎驛馬 30필, 卜刷馬 및 管運餉 別馬가 모두 97필이었고, 自騎馬 12필이 더 있었다. 그래서 행렬의 총합이 204인의 인원에 말이 139필이었다.

낭선군 일행에 이름이 보이는 사람 중에서 전후로 연경 방문 경험이 가장 많은 사람은 부사에 배속된 역관 박이찰이었다. 1636년 명나라에 다녀온 잠곡 김육의 기록(『朝京日錄』)에 이름이 보이고, 1656년 인평대군의 연행과 1669년 노봉 민정중의 연행에도 참여하였음을 『燕途紀行』과 『燕行日記』에서 확인할 수 있다.

정사 군관 박후량은 낭선군보다 한 해 먼저 연행을 한 鄭太和의 『飮氷錄』(1662)에 이름이 보인다. 두 해 거듭 연행을 한 사람이다. 정사에 배속된 역관 박유기는 1660년(현종1)에 연행한 귀암 이원정의 『연행록』에 이름이 보인다. 정사에 배속된 蒙學 林震龍은 1624년 洪翼漢의 명나라 방문 기록인 『朝天航海錄』에 이름이 보인다. 사자관 이팽년 역시 정태화의 『음빙록』에 이름이 있다.

1671년 10월의 2차 연행은 문안사로 파견된 것이었다. 청나라 강희제가 심양에 왔다는 정보를 입수한 조선 정부가 급하게 문안사를 보낸 것이다. 10월 17일에 선발을 하고 22일에 출발하였으므로 대단히 급하게 만들어진 사행이었다. 출발하는 날 아침 일찍 대궐에 들어가서 현종을 만난 낭선군은 임금과 오랜 시간 대화를 한다. 사나흘 정도의 기간이었겠지만 낭선군은 주도면밀하게 여러 가지 경우를 요량해서 현종의 결정을 미리 받아둔다. 심양에 도착해서 황제가 이미 북경으로 떠나고 없을 경우에 어떻게 할지, 조선 정부가 예정에 없이 갑자기 문안사를 파견한 일을 청나라가 어떻게 받아들일 것인지 등등의 문제에 대해서 상세하게 묻고 답변을 세세히 기록해두었다. 급박한 일정이었으므로 먼 거리를 빨리 이동하였고, 따라서 기록도 1차 연행보다 훨씬 소루하다.

1686년의 3차 연행은 사은 겸 동지사였다. 나이 쉰이 된 낭선군의 세 번째이자 마지막 연행이었다. 그해 10월 14일에 사신으로 선발되고, 11월 4일 부사 우참찬 金德遠, 서장관 司藝 李宜昌과 함께 눈 내리는 서울을 출발하였다. 첫 번째 연행에서 서장관으로 동행했던 심재는 낭선군을 배웅한 사람 명단에 이름이 보인다.

4. 연행 과정의 애로

① 질병과 음식 및 더위와 추위

계묘 연행록은 '고통'이라는 단어 하나로 압축할 수 있다. 낭선군 본인의 극심한 질병은 둘째 문제고, 여름철 더위와 장마로 인한 일행의 고생이 이루 말할 수 없었다. 서울에서 북경까지 석 달 곧 한 계절이 걸리는 연행 도정은 누구에게나 극히 곤란한 일이었을 것이다. 적지 않은 인원과 물자의 이동, 교통과 숙식의 문제는 어느 연행록에서나 크게 언급이 되는 일이다. 한데 여름철에 다녀온 낭선군의 1차 연행은 그 고난의 정도가 특별하였다.

6월 3일, 압록강을 건너기 하루 전이었다. 강물이 불어나 건널 수 없어서 며칠을 의주에 머물고 있었는데, 낭선군은 이날 위장병이 극심해서 식음을 전폐하였고 어지럼증도 생겨 때로 정신이 캄캄해지곤 하였다.

압록강을 건너면서부터 온갖 고생이 본격적으로 펼쳐졌다. 책문에 들기 전에 냇가에서 노숙을 하고, 책문에 들어가서는 중국 쪽 숙소인 察院에 묵었는데, 지붕은 빗물이 새고 방안은 비에 젖어서 도저히 잠을 잘 수가 없었다. 모기가 극성을 부려서 흰말이 삽시간에 적색 말이 되곤 했으니 사람과 말이 다 잠을 못 이루는 것은 당연한 일이었고, 노숙을 하고 냇가나 강변에서 조반을 먹는 경우도 잦았다. 모기의 괴로움 못지않게 물을 마음대로 마시지 못하는 것도 큰일이었고, 끼니를 지어 먹을 수 없는 경우도 드물지 않았다. 6월 13일은 駐驛山 부근에서 서장관이 아침부터 열이 나고 복통이 심해서 종일 고생을 했고, 일행의 말 한 필이 열이 나는 증세로 죽었다.

6월 17일, 낭선군은 큰비에 젖고 끼니를 거르고 탈진해서, 큰병이 생길 것 같다는 위기감을 토로하고 있다. 숙소에 비가 새서 무릎까지 물이 차올라 밤새 잠시도 눈을 붙이지 못하는 경우도 있었다. 급기야 사는 것이 죽느니만 못하다고, 비명을 지른다. 7월 1일 기록이다.

지리한 장마비가 연일 내려 개지 않아 평소에는 시냇물이던 물이 큰 강물로 불어나서 곳곳에서 물에 막히고 역참마다 멈추어 머물러야 한다. 천신만고 중에 문득 한 달이 지났지만 앞으로 남은 길이 아직도 7~8일 일정이나 된다. 객지의 심회를 형용하기 어려우니, 인생이 이런 지경에 이르고 보면 사는 것이 죽느니만 못하다.

이어서, 아래 1)과 2)는 각각 7월 6일과 8일의 기록이다. 학질에 걸렸다는 진단이다.

1) 少家庄 이후로 暑症이 갈수록 극심해져서, 오늘은 온몸이 덜덜 떨리고 칼로 찌르는 듯 머리가 아파서 거의 인사불성이 되었다. 한밤중에 통증과 병의 증세가 극도로 심해져서 경각의 사이에 고열이 갑자기 나고 비 오듯 땀이 흐르다가 새벽에야 그쳤다. 아마도 학질인 듯한데, 몸의 원기가 다 떨어진 지금 이런 큰 병을 얻다니 극히 걱정이 된다.

2) 온몸이 추위로 위축되어 괴로움을 견디지 못하겠다. 초저녁에 추워 떨리는 증세는 조금 그쳤지만 고열 증세가 자못 심하다가 二更 이후에 온몸에 땀이 흐르고, 땀이 난 뒤에는 증세가 조금 나아진다. 학질이 분명하다.

북경에 도착하는 7월 12일까지 학질 증세는 지속되는데, 이후에도 심하다가 덜하다가 반복이 되었고, 8월 15일에야 학질이 떨어졌다고 한다. 아마도 가장 젊은 축에 들었을 20대 후반 나이의 낭선군이 이런 지경이니, 다른 사람들의 고통은 미루어 짐작할 수 있을 터이다.

부사의 左牽馬인 崔雲善이라는 이가 병으로 죽어서 東嶽廟 근처에 매장하였다고 하고, 刷馬丘人 郭景信이라는 이도 죽었다고 한다. 軍奴인 劉海는 병을 앓은 뒤에 실성해서 광분질주를 하곤 했다고 하고, 정사의 종인 承賢 역시 큰 병을 앓은 뒤에 광분질주

하는 증상을 보였다고 한다.

낭선군에게만 주어진 여건은 아니지만, 연행이란 그야말로 목숨을 건 일이었다. 여름철 장마와 질병 등 온갖 악조건을 견뎌야 하는 모험이었다.

② 副使와의 갈등

낭선군 사행 직전의 일이지만, 유황 밀무역의 일이 청나라에 발각되었다. 부사 이후산은 그 일을 수습하느라 본국의 사전 허락 없이 중국 역관의 책임자인 提督에게 은 4000냥 지급 약속을 했다. 정사인 낭선군은 반대하였지만 부사가 강행하였는데, 귀국 도중에 그 수습을 두고 두 사신이 치열한 갈등을 빚은 일이 생생하게 기록되어 있다.

나이 열 살이던 강희제를 만나고 난 8월 5일 저녁의 일이다.

저녁에 부사가 박이찰을 시켜 제독(청나라 역관)에게 비밀스레 말을 하기를, "이번에 유황 밀수가 포착된 일은 틀림없이 칙사가 파견될 것이니, 제독이 시종 주선을 해서 무마해주시면 우리 조정에 돌아간 뒤에 백금 4천냥을 조정에서 차후 사행 편에 갖추어 보내드려 노고에 보답하는 댓가로 하겠습니다……" 하였다.

나는 "그들이 과연 주선을 해서 끝내 무사하게 된다면 실로 좋은 일이기는 하지만, 은의 지급을 약속한 것은 실상 우리가 마음대로 할 수 있는 일이 아닙니다. 더구나 4천냥의 백금이란 더욱이 극히 엄중하고 어렵습니다. 이로 보나 저로 보나 결정할 수가 없습니다." 하였다. 부사는 "시기를 잃을 수가 없는데 천금이 무엇 아깝겠습니까." 하였고, 서장관 역시 "상사의 말씀이 역시 일리가 있습니다. 부사께서는 그렇게 부담을 져서는 안 됩니다."고 하자 부사는 "비록 엄중한 견책을 받더라도 내가 감당하리다" 하였다. 박이찰이 종일 왕복하였다.

유황은 화약의 원료인데 중국과 일본에서 밀무역의 형태로 수입되었다. 예민한 외교문제였을 터인데, 더 이상의 자세한 내용은 알 수 없지만 일흔에 가까운 부사 이후산은 그 수습에 적극적이었다. 조선과 청나라 양측 사이에 여러 날을 두고 밀고 당기는 협상이 있었을 터이고, 사신의 북경 출발 전날 저녁에 불협화음을 안고 다소 원만하지 못한 모양새로 타결이 된 것이었다.

귀국 도중 정사와 부사는 그 일의 해결에 대해서 접점을 찾지 못하였다. 8월 13일의 기록이다.

부사가 先來狀啓를 스스로 초안을 잡아 李彭年을 시켜 보내왔다. 그 내용을 보니 박역朴譯(박이찰)을 치켜세워 칭찬했을 뿐 아니라 자기 공로를 바라는 뜻이 현저하였다. 나는 답하기를 "은의 지급을 약속한 한 가지 일은 상사는 모르는 일이고 부사가 처음부터 담당해서 주선하였으니 부사가 別單으로 조정에 아뢰는 것이 좋을 듯하다"고 하자 이팽년이 또 와서 하는 말이 "부사께서는 '이 일은 나중에 후회하실 리가 만무한데 상사께서 이렇게 고집을 하시다니 몹시

의아하다'고 하십니다" 하였다. 나는 "선래장계는 상사와 부사가 연명으로 보내는 것이 합당할 듯하지만, 은의 지급을 미봉하는 일은 부사가 편하실 대로 별도로 아뢰도록 하시라"고 하자 부사가 몹시 불편한 기색이 있더라고 한다.

이쯤 되면 정사와 부사는 서로 도외시하는 사이가 되었을 것이다. 선래장계란 귀국하는 길에 사행보다 앞서 조정으로 미리 보내는 장계다. 말하자면 사행의 성과에 대한 간략 보고다. 부사는 은 4000냥 지급 약속은 제외해 둔 채 현안을 해결한 자기 공로를 특기하였다. 다음 날인 14일, 산해관을 지나면서 이팽년이 종일 여러 차례 정사와 부사를 왕복했지만 끝내 의견이 일치되지 않았다.

15일에야 정사인 낭선군이 '안면에 구애되어 시종 고집을 할 수가 없어서' 부득불 연명으로 장계를 보냈고, 부사와의 갈등은 봉합되었다. 장계 초안을 두고 갈등을 빚던 부사는 점점 불편한 기색을 드러내어서 성사와 왕래하거나 얼굴을 마주하지 않았고, 정사와 부사에 배속되어 있는 원역이나 비장들도 서로 갈등이 심각해졌다. 산해관 북쪽 角山을 지나는 날이었는데, 아마도 연행 사절은 그 즈음에서 선래장계를 조선 조정으로 발송해야 하는 규정이 있었던 듯하다.

귀국 후에 삼사는 처벌되는데, 실록에 기록이 있다.

진위 겸 진향사 朗善君 李俁와 부사 李後山, 서장관 沈梓가 청국으로부터 돌아왔는데 세 사신을 의금부에 내려, 사사로이 통역관에게 백금 4천 냥을 뇌물로 줄 것을 약속한 죄를 다스렸다. 상사 낭선 군 우는, 그것이 부사가 한 것이라고 하므로 상이 낭선군 우는 풀어 주라고 하고 부사 이후산, 서장관 심재는 告身을 빼앗았으며 역관 등도 차등을 두어 죄를 부과하였다. (현종 개수실록 4년 계묘(1663) 9월 20일(갑신))

5. 부친 인흥군의 연행과 그 영향

① 대를 이은 교분과 병자호란의 흔적

낭선군의 첫 번째 연행은 그 부친인 인흥군 이영李瑛(1604~1651) 의 연행과 닿아 있는 일이기도 하다. 낭선군을 수행한 역관 중에 이름이 처음에 있는 朴有苂는 인흥군의 연행도 수행했던 사람이었 다. 인흥군의 연행 기록에 이름이 보인다. 인흥군의 형, 그러니까 낭선군의 백부인 仁城君은 아들 다섯과 딸 둘을 두었다. 장녀가 南 壽星의 배필이 되었는데, 남수성은 인흥군 연행에 軍官으로 수행하 였다. 낭선군은 豊潤에서 王憚의 집에 하루 묵는데, 1649년에 인흥 군이 묵은 집이었다. 인흥군은 귀국 후에도 왕씨와 연락을 주고받 았다. 낭선군은 왕씨와 만나기 전부터 서로 잘 아는 사이였고, 극 진한 대접을 받았다.

병자호란 때 청나라로 잡혀간 조선인이 대단히 많았고, 이후 조 선 사신 일행이 그들을 만난 기록은 허다하다. 낭선군의 경우는 보다 직접적이어서, 자료로서 일정한 의미를 갖는다고 할 수 있겠다.

북경에 머무르고 있던 7월 27일, 낭선군은 '仁城 삼촌댁' 곧 인성군의 여종이었던 金愛라는 여인의 방문을 받는다. 사신 숙소를 찾아와서 인사를 했는데, 낭선군은 그녀에게 담배와 담뱃대를 주었다. 병자호란에 끌려간 仁城君 李珙의 노비가 북경에 머무르고 있었던 것이다.

이틀 뒤인 29일에도 잡혀간 여종 愛叔과 業伊 형제가 문밖에 찾아왔는데, 낭선군은 그들에게 종이 묶음을 선물로 주었다. 8월 2일에 애숙 형제는 포도와 사과 등의 과일을 낭선군에게 갖고 왔고, 낭선군은 담비가죽과 종이 묶음을 주었다. 애숙 형제에게, 잡혀간 여종 得介의 소식을 묻자 이해 6월에 죽었다고 답하고 있다. 낭선군이 분명하게 기록을 하지 않았지만, 애숙과 업이 형제와 득개는 아마도 인흥군의 여종들이었던 듯하다. 인성군과 인흥군의 여종이 북경에서 서로 소식을 알고 지내고, 인흥군과 낭선군이 사신으로 방문했을 때 찾아와서 만난 것이다.

북경에 이르기 훨씬 이전, 압록강을 건너 책문을 들어선지 9일째인 6월 14일에 牛家庄이라는 마을의 사신 숙소에서 일하는 나이 쉰 가까운 조선 여인은 우리말이 대단히 능숙하였는데, 직산 아전의 딸이고 병자년에 잡혀왔다고 한다. 낭선군은 덧붙이기를, 병자년에 잡혀온 사람들은 청나라에 온 이후 밤낮으로 중국말을 사용하므로, 병자년이 멀지 않지만 우리말은 제대로 하지 못하는 자가 아주 많다고 하였다. 6월 19일에는 木川의 騎兵이었다는 朴貴男이라는 이가 찾아와서 인사를 하였다.

귀로에는 8월 11일 榛子店에 머물 때 全昌君의 종과 내수사 종이었던 申孝業이라는 이가 낭선군을 찾아와서 인사를 하였다. 전창군은 宣祖의 사위인 柳廷亮(1591~1663)이다. 선조와 인빈 사이의 4남 5녀 가운데 막내인 貞徽翁主와 결혼하였다.

② 풍속의 기록과 서적 구입

연경 왕복 여행에서 온갖 문물에 눈이 끌리고 이색적인 볼거리며 찬란한 유적에 마음이 뺏기는 것은 당연한 일이었다. 낭선군 역시 그러하지만, 그는 특히 새에 큰 흥미를 갖고 있었다.

7월 5일 풍윤현의 榛子店에 도착하는데, 그곳 사람들은 집집마다 이름을 銅觜라고 하는 새 한 마리를 기르는 습속이 있다는 기록을 하고 있다. 같은 자리에서 어떤 漢人이 서양에서 생산되었다는 작은 벼루를 보이는데, 그것은 새의 다음에 기록을 하였다. 연경에 도착해서 동악묘에 들른 날은 길에서 본 한 쌍의 앵무와 鐵籠에 든 한 쌍의 새를 기록하고 있다. 앵무는 모습이 조선에서 그림으로 본 것과 비슷한데 중국말을 알아듣고, 철롱에 든 새는 온갖 재주를 부리는데, 청나라 왕실의 여러 王들의 집에서 볼거리로 빌려간다는 점을 기록하고 있다.

낭선군은 세 차례 연행에서 수많은 서적을 구입했으리라고 추정되는데, 그 목록을 자세하게 기록하지는 않았다. 보이는 대로 대략 정리하면 이러하다.

『黃庭經』

文徵明(1470~1559)의 畫軸

古篆神禹碑 二貼 및 懷素가 쓴 千文集古貼

「十七貼聖教序」

鮮于樞(1246~1302)·祝允明(1460~1526) 등의 글씨

조자앙의 글씨 및 朱端의 그림

한유, 유종원, 구양수, 소식 및 『사기』, 『한서』, 『좌전』, 『장자』 등
의 서적

약간 서적을 구입하였다, 서적 약간 권을 구입하였다는 기록만
더 있고 구체적인 목록은 언급이 없지만, 위에 보이는 자료만 해도
그 양이 상당할 듯하다. 비석 탁본과 서첩과 그림과 글씨를 구입하
였고, 책은 당송팔가 및 역사서와 제자서를 구입하였다. 그림이나
글씨는 구체적인 양을 알 수 없지만 책의 경우 위에 나열된 것만
해도 운송에 큰 힘이 들었을 듯하다. 따로 인장용 圖書石 여러 개
도 구입했다는 기록이 있다.

낭선군은 북경의 東嶽廟에 들어가서는 그 거대한 규모와 함께
조맹부가 쓴 張天師碑와 虞集이 쓴 八分碑를 특기하고 있다. 夷齊
廟에서는 명나라 문인 范志完의 팔분체 글씨 '北海淸風' 넉 자를
손수 臨摹하였다. 그는 역시 비석과 글씨에 특별한 관심을 지닌 학
자였다.

음빙록

飮氷錄

범례

1. 이 책은 1663, 1671, 1686년에 각각 陳慰兼進香使와 문안사, 그리고 사은 겸 동지사의 正使로 연경을 다녀온 朗善君 李俁의 『飲氷錄』을 校註한 것이다.

2. 『飲氷錄』은 부산대학교도서관 소장본으로 그 서지목록에는 서명은 음빙록, 저자미상의 필사본 1책으로 기재되어 있다. 같은 책의 복사본을 비치하고 있는 국립중앙도서관의 서지목록에는 "1책(80장)"으로, 책의 장수가 기재되어 있다. 표지에는 음빙록, 내지 첫 면의 첫 행에는 '燕京錄'이라고 썼었고, 바로 이어서 작은 글씨로 '癸卯'라고, 연행의 시기를 기록해두었다. 1663년이다. 이후 두 차례 덧붙인 경우에는 '又 辛亥', '又 丙寅'이 라고, 간지만 표기해두고 있다.

3. 이 책은 고전문헌의 표점에 통용되는 일반적인 한글의 표점 방식을 따른다. 단 原註 는 【 】로, 缺落字는 □로, 磨滅字는 ■로 표시한다.

4. 고유명사는 인명과 지명만 밑줄로 표시한다.

5. 이 책의 校註에 참고한 資料는 책 말미에 수록한다.

燕京錄 癸卯[1]

癸卯四月初五日, 陳慰兼進香使朗善君[2]·副使僉知中樞

---

1 燕京錄 癸卯 : 책의 內紙 첫 줄이다. 계묘년은 1663년으로, 조선 현종 4년,
   청 강희 2년이고, 낭선군이 27세 되던 해이다.

2 朗善君(1637~1693) : 이름은 俁, 아명은 天元, 자는 碩卿, 시호는 孝敏, 낭선
   은 봉호. 28세 되던 1664년에 한강 가에 觀瀾亭을 지었고, 그것을 자호로 삼
   았다.

   인조 15년(정축) 11월 11일 서울 濟生洞에서 출생하였다. 선조의 12남인
   仁興君 李瑛(1604~1651)과 장악원 僉正을 지낸 宋熙業의 따님인 礪山郡夫人
   宋氏의 장남이다. 낭선군의 생애 전반에 대해서는 자서전『百年錄』(1692)에
   자세하다.

   낭선군은 1663년(27세)과 1671년(35세), 그리고 1686년(50세)의 세 차례,
   모두 정사의 임무를 띠고 연행을 했다. 글씨에 뛰어나고 장서가로 저명하였
   으며, 미수 허목과 친밀하여,『기언』에 낭선군과 관련된 저술이 많다. 서예와
   금석문에 대한 해박한 지식을 바탕으로『大東金石書』를 간행하여 우리나라
   금석학의 발달에 크게 공헌하였다.

   『실록』의 낭선군 졸기에 향년이 쉰일곱이라고 하고, "篆書와 隸書에 능하
   여 세상에 명망이 있었다."고 특별히 기록하였다(숙종 19년 계유(1693) 4월
   27일). 申翼相이 시장을 썼고(『醒齋遺稿』책6,「朗善君諡狀」), 남구만이 신
   도비명을 썼고(『藥泉集』17,「朗善君孝敏公神道碑銘 壬午(1702)」), 송시열이
   낭선군 부인 성씨의 묘갈명을 썼다(『宋子大全』권180,「朗善君夫人成氏墓碣
   銘 幷序」). 묘소는 지금 포천시 영중면 양문리 인흥군 묘역에 있는데, 인흥군

李後山[3]·書狀官持平沈梓[4]差下.[5]

五月十二日己卯, 雨. 平明, 詣闕辭朝後, 四殿[6]問安,
答曰, "知道." 大王大妃殿, 饋酒賜綠紬. 大殿出送內官金
汝建, 饋酒賜虎皮·油芚·丹木·胡椒·扇子·臘藥等物. 以黑
團領, 詣仁政殿受表, 到慕華館, 改服查對.

領相鄭太和·左相元斗杓·吏判洪命夏·戶判鄭致和·右參
贊洪重普·兵判金佐明·大憲金壽恒·工參具仁墍·禮參李行

묘와 신도비는 포천시 향토유적 제28호로 지정되어 있다.

3 李後山(1597~1675) : 본관은 龍仁, 자는 子高, 호는 雪坡. 병조정랑 李蓋忠의
증손으로, 李啓仁의 손자이고, 대사간 李士慶의 아들이며, 어머니는 成希益
의 딸이다. 부인 풍산김씨는 金壽賢의 딸이다.

　　3남 4녀를 두었는데, 아들은 李舜岳, 李宣岳, 李斗岳이다. 맏딸은 장령 尹
遇丁에게, 둘째 딸은 참판 李夏鎭에게, 셋째 딸은 군수 徐文重에게, 넷째 딸
은 현감 朴銑에게 시집갔다.

　　둘째 사위 李夏鎭(1628~1682)은 전처인 이후산의 딸과 사이에 李瀅, 李潛,
李澈를 낳았고, 후처인 안동권씨(權大後의 딸)와 사이에 李沉과 李瀷 형제를
두었다.

4 沈梓(1624~1693) : 본관은 청송, 자는 文叔, 호는 養拙齋이다. 광해군 때 영의
정을 지낸 沈喜壽의 증손으로, 沈昶의 손자이고, 沈儒行의 아들이며 어머니
안동권씨는 權忱의 딸이다. 1654년(효종 5) 식년문과에 병과로 급제하였다.

5 『실록』 현종 4년 계묘(1663) 5월 9일(병자) : "陳慰 兼 進香 正使 朗善君 李
俁와 부사 李後山, 서장관 沈梓가 表文을 바치기 위해 청나라에 갔는데, 청
나라가 喪을 당했기 때문이었다."

6 四殿 : 대전, 대왕 대비전, 왕대비전, 중궁전.

進·都承旨南龍翼·禮議姜栢年·兵議洪處厚·刑議權坽[7]·戶
議徐必遠·正字吳始復·鄭樻等入參. 罷後, 左相送錄事致
辭, 卽爲往見. 領相仍留, 設司甕院餞送, 提調益豐君[8]·南
龍翼·郎廳數三人入參. 領相下席擧酒, 連勸七八酌, 臨
罷, 南承旨, 題五言絶于扇面以贐之. 兵判, 亦設小酌以
餞. 吏判·戶判·大憲·副使·書狀, 皆來會. 大憲, 亦題五絶
于扇背. 戶參吳挺一來見. 到沙峴, 南壽星·金義信·趙東
立來見. 洪箕叙[9]兄弟, 設小酌以別.

到弘濟院, 慶平叔主[10], 自宗親府設餞盃. 權參議坽·益

7　權坽(1604~1675) : 자는 子高, 호는 愚谷. 우승지 權鑄의 아들. 1628년(인조
　　6) 별시문과에 병과로 급제, 1652년 謝恩使의 書狀官으로, 1663년 冬至副使
　　로 청나라에 다녀오고, 한성부 좌윤을 역임하였다.

8　益豐君 : 李涑(1636~1665)의 군호이다. 자는 樂而, 都正과 가평군수를 역임
　　했다. 선조의 맏아들인 臨海君 珒(1574~1609)의 손자이고, 陽寧君 儆의 아
　　들이고, 金昌業의 장인이다. 澗松 趙任道(1585~1664)의 문인이다. 마악노초
　　이정섭은 익풍군의 손자이고, 尙古堂 金光遂의 부친인 金東弼은 익풍군의
　　손서다. 익풍군의 졸년인 을사년을 확정할 수 있는 기록이『실록』현종 7년
　　(1666) 6월 18일 기사에 보인다.『한천선생문집』이 있다.

9　洪箕叙(1631~) : 자는 君叙, 본관은 남양. 洪琦의 아들이고, 아우는 洪箕疇
　　와 洪箕範이다.

10　慶平叔主 : 慶平君 李玏(1600~1673)이다. 선조의 11남이고 생모는 溫嬪 韓
　　氏이다. 인성군의 이복동생이고 인흥군의 이복형이므로, 필자인 낭선군이

豊君, 亦餞別. 具仁墪·東昌尉[11]·海寧君[12]·靈豊君[13]·靈愼
君[14]·瀛昌君[15]·淸興正[16]·淸豊都正[17]·嶺興三兄弟[18]·成生員
五兄弟·尹敏聖[19]·閔熹[20]·朴漘[21]·李後傑[22]來別. 日晡時, 到

숙부라고 호칭하였다. 1614년(광해군 6년) 8월에 衛聖原從功臣 1등에 책록
되었다. 행실이 고약해서 물의를 야기한 적이 많았는데, 『실록』 인조 11년
(1633) 6월 7일 기사에, 경평군이 관상감의 물건을 탈취한 일로 사헌부가
파직을 청한 일이 기록되어 있다. 삭녕 최씨와 혼인하여 1남을 두었다. 적
자이자 장남은 嶺陽君 李儇이며, 서자는 嶺興君 李俒, 嶺洲君 李儸, 嶺臨君
李儞이다.

11 東昌尉: 權大恒(1610~1666)이다. 1630년(인조 8)에 선조의 딸 貞和翁主와
혼인하여 이듬해 東昌尉에 봉하여졌다.

12 海寧君: 仁城君 李珙의 넷째 아들인 李伋(1615~1690)이다. 필자인 낭선군
의 사촌형이다. 인성군은 아들 다섯을 두었는데, 海平君 李佶, 海安君 李億,
海原君 李健, 海寧君 李伋, 海陽都正 李億이다.

13 靈豊君: 元宗의 아들인 綾原大君 俌의 장남으로, 이름은 李湜이다.

14 靈愼君: 靈豊君 李湜의 동생으로, 이름은 李濼이다.

15 瀛昌君: 인성군의 손자다. 인성군의 둘째 아들 해안군은 順和君 뒤로 출계
했는데, 그 장남이 瀛昌君 李沈이다.

16 淸興正: 선조의 9남 경창군의 장남 昌原君의 둘째 아들이다. 창원군은 아
들 셋을 두었는데 맏이는 淸平君, 막내는 淸豊都正이다.

17 淸豊都正: 위 각주를 참고.

18 嶺興三兄弟: 앞쪽의 각주 10을 참고.

19 尹敏聖: 인흥군 李瑛의 2남 3녀 가운데 막내사위인데, 인흥군의 막내딸은
庶女다. 윤민성은 본관이 파평이고 군수를 역임하였다. 부친은 첨사를 지낸
尹廷俊이다.

新院.[23]

朗原[24]·復而·質甫·閔晗[25]·閔相奎[26]來待矣. 並轡到碧
蹄. 海陽都正[27]自京來到, 與諸公同宿于東上房. 福昌[28]以

---

20 閔燾(1607~?) : 자는 太初, 본관은 여흥이고, 1639년에 문과하였다.

21 朴潾(1594~?) : 자는 長源, 본관은 반남이고, 1624년에 진사하였다.

22 李後傑(1613~) : 자는 英甫, 본관은 용인. 인조 13년(1635) 진사하여 直長
을 역임하였다. 李藎忠의 증손, 李啓仁의 손자, 李士祥의 아들이어서, 낭선
군 사행의 부사인 이후산의 종제이다. 선조의 아홉째 아들인 慶昌君 李珧
(1596~1644)의 사위이다.

23 新院 : 고양군에 있던 지명. 서울을 출발해서 첫날 하루 벽제관까지 40리
길을 간 麟坪大君(1622~1658)의 연행기에, "磚石峴을 거치고 昌陵을 지나고
德水川 석교를 건너고 礪峴을 넘고 신원의 木橋를 건너고 介倫峴을 올라
초저녁에 고양군에 닿아 벽제관에 묵었다."는 기록이 있다(『燕途紀行』, 병
신(1656) 8월 3일조).

24 朗原 : 낭선군의 아우 李偘(1640~1699). 자는 화숙(和叔), 호는 최락당(最樂
堂)이다.

25 閔晗(1613~1679) : 갑산부사 閔震英(1589~1629)과 숙인 전주이씨(1588~1644)
의 아들, 판관 成吉의 손자.(블로그에서 인용. https://blog.daum.net/mbk
9198/15517133) 『한국계행보』1853면. 여흥민씨. 成章 - 震英 - 晗 - 宗魯
부분을 참고.

26 閔相奎 : 미상.

27 海陽都正 : 仁城君 李珙의 아들 李僖이다.

28 福昌 : 복창군. 이름은 李楨(1641~1680)이다. 인조의 아들인 인평대군의 차
남으로 왕실의 종친으로서 숙종의 신임을 받았으나, 허견의 옥사 때 동생
복선군과 함께 사사되었다.

大忌, 不得出來, 專人致書. 是日, 行四十五里.

十三日庚辰, 朝雨晚晴. 朝, 淸風府院君[29]送裨致辭. 副使堂姪李長城河岳[30]來見. 海陽都正相別而去, 巳時, 發行. 登惠任嶺[31], 與諸公班荊相別, 離懷難堪. 閔晤·閔相奎亦辭去. 午, 抵坡州宿. 是日, 行四十里. 守令則無時招見, 而今不盡記. 下倣此.

十四日辛巳, 晴. 早朝, 發行. 至臨津南岸, 祈雨祭官許判書積[32], 自德津[33]來. 下馬坐路傍, 握手相別. 到長湍.

---

29 淸風府院君 : 金佑明(1619~1675)이다. 본관은 청풍, 자는 以定, 시호는 忠翼이고 顯宗의 장인이다. 1659년 현종이 즉위하자 國舅로서 청풍부원군에 봉해지고, 돈녕부영사가 되었다. 金堉의 아들이다.

30 李長城河岳 : 李河岳(1610~1677). 본관은 용인, 자는 汝壽. 진사 李後地의 아들이다. 장성부사와 나주목사, 충청감사 등을 역임하였다.

31 惠任嶺 : 파주 廣灘과 고양 벽제 사이에 있는 고개. 惠陰嶺이라는 이름으로 더 알려져 있다.

32 許判書積 : 허적(1610~1680). 본관은 陽川, 자는 汝車, 호는 默齋, 休翁이다. 1637년(인조 15) 문과에 급제, 1667년(현종 8) 우의정, 다시 좌의정을 거쳐 영의정에 이르러 사직하고 忠州에 내려갔다. 1674년 숙종 즉위 후 다시 영의정이 되었다. 1680년에 庶子 許堅의 謀逆 사건으로 賜死되었다.

33 德津 : 본문의 기술로 보아 임진강과 개성 부근의 지명인데, 이전부터 기우제를 지내는 장소였던 듯하다. 『태종실록』에 "大臣을 개성의 大井·朴淵·德

朴知事長遠[34]·檜原君[35]，皆自祭所[36]歸路來見．中火後發行．申時，到松京，登南樓．經歷李塗[37]來見．海寧君自京來．副使·書狀亦會．夕，宿于大平館．是日，朝行三十五里，夕行四十五里．軍官韓信敏[38]，自京追到．

十五日壬午，朝陰晚晴．海寧君相別而去．平明發行，午到金川．都事禹昌績[39]，使之落後．監司姜瑜送裨致辭，

津에 나누어 보내어 비를 빌었다."는 기록이 있다(태종 1년 신사(1401) 4월 16일 갑술).

34　朴知事長遠 : 朴長遠(1612~1671). 본관은 高靈, 자는 仲久, 호는 久堂·隰川. 『구당집』이 있다.

35　檜原君(1636~1731) : 본관은 전주, 자는 汝明, 이름은 倫, 시호는 貞簡이다. 선조의 13번째 아들인 寧城君의 아들이다.

36　祭所 : 임진강 남안, 기우제 지내는 장소.

37　李塗(1621~1703) : 본관은 전주, 자는 子三, 호는 駱溪. 중종의 서자 德陽君 李岐의 현손으로, 蓬萊君 李炯胤의 아들이며, 어머니는 贈參判 崔行의 딸이다. 李植의 문인이다.

38　韓信敏 : 미상.

39　禹昌績(1623~1693) : 자는 子懋, 호는 竹溪이다. 죽계 우창적은 낭선군의 연행 이듬해에 서장관으로 연행을 하였다. 1664(현종 5) 윤 6월 13일에 '鄭致和를 동지사의 정사로, 李尙逸을 부사로, 우창적을 서장관으로' 선발하였고, 1665년 2월 26일에 '청나라에서 돌아왔다.'는 『실록』의 기사가 있다. 성호 이익이 묘갈명을 썼고(『星湖先生全集』 권62, 「禮曹參判禹公墓碣銘」), 박천 李沃이 만사를 썼다(『博泉先生詩集』 권15, 「禹侍郎昌績挽」).

兼送路資. 中火後發行. 方物夫馬, 兩差員外, 其餘守令,
皆令落後. 未時, 到平山. 趙判書珩[40]謫所, 送朴後亮[41]致
辭. 京畿差員辭去. 夕, 副使子弟三人來見. 是日, 朝夕俱
行五十里.

十六日癸未, 晴. 往見趙判書, 仍爲發行. 巳初, 到慈秀
站. 與書狀, 坐於玉溜泉相話. 未初, 到瑞興. 夜, 宿益損
堂[42]. 是日, 朝行三十里, 夕行五十里.

十七日甲申, 朝陰暮雨. 平明, 發行. 到劍水, 中火. 未
初, 到鳳山. 岳丈[43]自狉猭[44]來見. 同宿于對鳳軒[45]. 是日,

---

40 趙判書珩 : 趙珩(1606~1679). 본관은 豊壤, 자는 君獻, 호는 翠屛이다. 예조
    판서를 역임하였다.
41 朴後亮 : 정태화의 연행기인 『飮氷錄』, 「使行官員」 조목에, 의주 사람이라
    고 이름이 기재되어 있다.
42 益損堂 : 서흥부사 權躋가 지었는데, 그의 외숙인 東洲 李敏求가 「익손당서」
    를 남기고 있다.
43 岳丈 : 낭선군의 장인인데, 낭선군은 두 차례 장가들었다. 전실은 창녕 成雲
    翰(1606~1688)의 딸인데 1662년 6월 17일에 여의었다. 그러니까 1차 연행
    한 해 전에 부인을 여읜 것이다. 후실은 성산이씨로 李世美의 딸인데, 자식
    이 없다. 따라서 여기 낭선군의 장인은 성운한이다.
44 狉猭 : 지금 강원도 인제군이다. 낭선군의 장인인 성운한은 1660년에 麒麟

朝行四十里, 夕行三十五里.

十八日乙酉, 大雨如注, 夕小霽. 朝, 岳丈酌酒以餞. 巳初, 冒雨發行. 申末, 到黃州. 兵使李俊漢[46]來謁. 夕, 宿于東上房. 是日, 行四十里.

十九日丙戌, 朝雨晚晴. 食後發行. 巳初, 到中和. 方物差員, 交付後辭去. 權三登德徽[47], 自任所來見. 同宿于東

察訪에 임명되었는데, "기린에서 오셨다"는 기술로 보아, 낭선군이 연행한 1663년 4월에도 재임 중이었다. 猌獜은 '麒麟'의 이체자이다. 기린 찰방 임명 사실은 성운한의 묘지명에서 찾아볼 수 있다(최석정, 『明谷集』 권27, 「同敦寧成公墓誌銘」).

45 對鳳軒 : 황해도 봉산군 관아에 있다. 인평대군의 연행기에 "저녁에 봉산군에 도착해서 대봉헌에 묵었는데 바로 태수의 동각이다."(『松溪集』 권5, 「燕途紀行」上)고 하였는데, 동각이란 재상이나 감사, 수령 등이 거처하는 곳을 이른다.

46 李俊漢(1621~1674) : 조선 중기의 무신으로 본관은 전주, 자는 秀而이고 덕흥대원군의 현손이다. 삼도수군통제사 및 어영대장을 역임하였다.

47 權三登德徽 : 權德徽(1622~). 자는 子美. 효종 3년(1652) 생원, 삼등 현감과 연안 부사를 역임하였다. 선조의 딸 貞和翁主와 그 남편 東昌尉 權大恒의 嗣子이다. 益中이 두 아들 大有와 대항을 두었는데, 대항은 아들이 없어 대유의 둘째 아들 덕휘를 후사로 삼았다. 정화옹주는 어릴 때 벙어리가 되어 지각이 없었다는 기록이 『실록』에 있다(인조 7년(1629) 10월 2일 계축).

上房. 是日, 行六十里.

二十日丁亥, 朝晴晩雨. 三登辭去. 平明, 發行. 到浿
江, 與副使·書狀, 同舟過涉. 見監司鄭知和[48], 館于練光
亭. 城臨大江, 亭在城隅, "長城一面溶溶水, 大野東頭點
點山"[49]之言, 信非虛也. 壁上多題咏, 而練光亭三字, 乃
鵝溪[50]筆云. 小頃, 監司來見. 副使·書狀亦會. 夕, 監司
設小酌. 令歌兒唱驪駒[51]. 連勸八九酌, 至夜分而罷. 都事
趙遠期[52]來見. 是日, 行五十里.[53]

二十一日戊子, 朝陰夕雨. 朝, 監司來見. 監司聞余降
仙[54]之行, 特送巡營坐馬, 以助閑行. 駕轎及一行員役, 則

---

48 鄭知和(1613~1688) : 자는 禮卿, 호는 南谷·谷口, 본관은 東萊이고 영의정
   光弼의 5대손이다.

49 長城一面溶溶水, 大野東頭點點山 : 인용된 구절은 金黃元의 시다.

50 鵝溪 : 李山海의 호.

51 驪駒 : 송별할 때 부르는 노래. 여가·驪歌.

52 趙遠期(1630~1680) : 본관은 林川, 자는 勉卿, 호는 九峯이다. 군수를 지낸
   趙悏馨의 아들이고, 영의정 李景奭의 사위이다.

53 저본은 이하 21일부터 22일 중간까지 1장이 빠졌음.

54 降仙 : 降仙樓. 평안남도 성천군 沸流江 기슭에 있던 東明館에 부속된 조선
   시대 성천 객사의 누정.

直送于順安. 辭監司及副使·書狀, 巳初, 以單騎, 出長慶門, 綠江邊數里, 至浮碧樓. 其後峰, 卽所謂牧丹峰, 而樓額, 卽漢人周祚[55]筆也. 前帶大江, 俯臨綾羅島, 亦可謂名勝地也. 傍有永明寺·朝天石·淸流壁·狋猻窟, 覽訖東行二十里, 至長水院抹秣馬, 亦平壤界也. 又行四十餘里, 渡一江, 登閱波亭[56]. 此江東界也. 所見與楮子島[57]仿佛, 人傳水中有龍橋. 夕, 到江東宿. 後岡有檀君廟云. 是日, 行八十里. 所從行, 卽朴有㤼[58]軍官三人·奴子二人·營吏一人而已.

二十二日己丑, 朝陰暮雨. 平明, 發行. 東行七十里, 到

---

55 周祚 : 商周祚. 자는 明兼, 호는 等軒, 명나라 紹興 사람. 만력 29년(1601) 진사. 申翊聖의 기록에 금강산 유점사의 법당 '能仁寶殿'의 편액을 상주조가 썼다고 하고(『낙전당집』권7, 「遊金剛內外山諸記」), 월사 이정구는 "정사년(1617) 여름, 내가 燕館에 머물면서 좋은 墨刻本을 구하였으니 (중략) 상 급사가 보내 준 것이었다. 상 급사의 이름은 周祚이고 書法이 중국에서 으뜸이었다."는 기록을 남겼다(『월사집』제41권, 「二王帖墨刻跋」).

56 閱波亭 : 평양시 강동군 봉화리에 있는 정자. 대동강의 물결치는 아름다운 풍경을 볼 수 있다.

57 楮子島 : 한강의 섬이다. 『신증동국여지승람』에 "도성 동쪽 25리, 三田渡 서쪽에 있다."라고 하였다.

58 朴有㤼(1619~?) : 낭선군의 부친인 인흥군이 연행할 때도 수행하였다.

成川界. 踰無老地峴·車峴, 又登道乙贄伊嶺, 行五里許, 到東明館[59]. 歷留仙閣, 躡玲瓏梯, 攀十二攔, 仍登降仙樓[60]. 巫山[61]西起, 沸流[62]南傾, 層樓出霄, 下臨無地. 壁上有華使題詠及金玄成[63]所書滕王閣序. 其他名人作, 都不能殫記, 面面皆有懸額. 曰降仙樓, 曰通仙館, 曰東明館, 曰留仙觀, 曰玲瓏閣, 曰笙鶴軒, 曰十二攔, 曰蓬萊閣, 曰伴仙館, 曰朝雲閣, 曰學仙館, 曰昇眞館, 曰玄虛館, 曰倒影軒也. 前蜂, 卽曰碧玉峯·金爐峰·天柱峰[64]·夢

---

59 東明館: 평안남도 성천에 있는 조선시대의 客舍. 본관에 잇대어 지은 降仙樓와 長樓가 있으며, 조선 후기의 객사 중 가장 웅장하고 수려하다.

60 降仙樓: 평안남도 성천군 성천면에 있는 성천객사의 누정이다.

61 巫山: 평안남도 成川府 서북 2리 지점에 있는 紇骨山(屹骨山)의 이칭이다. 沸流江이 동쪽에서 흘러와 앞을 빙 둘러 흐르는데, 비류강 가의 降仙樓는 關西八景 중의 하나이기도 하다.

62 沸流: 沸流江이다. 평안남도의 신양군과 성천군을 흐르는 강이다. 대동강의 제1지류로 양덕군에서 시작하여 대동강에 합류한다.

63 金玄成(1542~1621): 자는 餘慶, 호는 南窓, 본관은 김해이다. 1564년 급제하고 同知敦寧府事, 寫字官 등을 역임하였다.

   낭선군이 신라 김생 이래 역대 명인 32인의 글씨를 모은 서첩에 미수 허목이 발문을 썼는데, 32인의 마지막 인물이 김현성이었다고 한다. "만력 말년에는 김현성이 임금의 명을 받고 西京의 箕子碑를 썼다."고 붙여두었다(『기언』 별집 제10권, 「낭선군의 書帖에 대한 발(1668년, 현종9)」).

64 峰: 저본에는 이 글자 이전까지 빠졌음.

仙峰·高堂峰·陽臺峰·神女峰·朝雲峰·暮雨峰·笙鶴峰·紫芝峰·玉壺峰也. 主倅病重, 出送兩子以待之. 遂與兩生, 乘彩舫泝流十二峰底, 泊到天柱峰下. 仍上平寬臺, 令百餘妓生, 作樂於降仙樓上, 淸歌妙舞, 隱映如畫, 哀絲豪竹, 如出半空. 雖咸池之於洞庭, 殆不能過也. 酒五六巡, 與兩生作別, 回棹下陸. 兩生極請停行, 而行忙未果焉. 所謂平寬臺, 卽古東明王都邑處, 而其下絶壁, 有卞獻[65]所書朴燁[66]降仙樓重修記. 申時, 冒雨約行三十五里, 到溫井村, 中火于客院. 又行二十里, 到殷山, 夜將二皷矣. 宿于東上房. 是日, 朝行五十里, 午行三十五里, 夕行二十里.

二十三日庚寅, 晴. 平明, 步出中庭, 行五十餘步, 登後岡. 其上有淡淡亭, 四面通望, 前有大川橫流, 亦一勝地也. 壁上有林白湖[67]題詠, 覽訖發行, 二十五里, 渡一江,

---

__1__

65 卞獻(1570~1636) : 변헌은 休靜·惟政 등에게 불법을 배우고 임진왜란 때 승군으로 출전하여 많은 공을 세웠다. 詩書에 뛰어나 명나라에서 명인이라 칭찬받았다.

66 朴燁(1570~1623) : 자는 叔夜, 호는 藥窓, 본관은 반남이다. 1597년 급제하고, 함경도병마절도 및 황해도병마절도사, 평안도관찰사를 역임하였다. 인조반정 뒤 처형당했다.

__END__

又數里, 入順川. 坐淸遠樓, 與主倅相話. 遂歷慈山界, 又
過价川界, 午到肅川. 日將過午矣. 中火後發行. 日沒時,
到安州, 臺隍之壯, 人民之衆, 與平壤相甲乙. 一行員役
等, 出迎於五里程. 直到城中, 館于百祥樓. 兵使金體乾[68]
病重, 不得出見. 副使·書狀來見. 守令等, 皆入謁. 是日,
朝行二十五里, 午行六十里, 夕行六十里.

　二十四日辛卯, 朝晴, 午驟雨. 開窓遠眺, 藥山·妙香等
處, 皆在微茫眼界之中, 而濶遠之勝, 比練光尤壯矣. 城
外百餘步, 有七佛寺[69]. 其下有淸川[70], 大江中分南流, 樓
在城隅最高處矣. 行中多有措備[71]之物, 故一行相議停行,
因與盃酌而罷. 夕, 書狀招卜者金景雲[72], 問將來吉凶云.

67　林白湖 : 백호는 林悌(1549~1587)의 호. 다른 호는 楓江, 嘯癡, 碧山, 謙齋
　　이고, 자는 子順, 본관은 나주. 미수 허목의 외조부이다.

68　金體乾(1605~?) : 본관은 海豐으로, 검술의 달인으로 전하나, 구체적인 행력
　　은 미상이다. 1662년(현종3) 平安 兵使에 임명되었다.

69　七佛寺 : 평안남도 안주군 七佛山에 있다. 고구려 을지문덕의 살수대첩과
　　관련 있는 사찰이다.

70　淸川 : 청천강.

71　措備 : 조처하여 준비하다는 뜻이다.

72　金景雲 : 미상.

樓額, 人傳恭愍[73]筆, 而似無特異處矣.

二十五日壬辰, 自朝至午, 霖雨不霽, 夕, 少歇, 食後, 發行. 渡淸川江. 副使·書狀及守令, 與察訪等皆會. 判官, 略設小酌以餞. 藥山, 在此一舍[74]地, 且有東臺之勝. 而因潦雨, 不得往見, 不無悵恨之懷. 行□[75]里, 渡大定江. 其傍有控江亭[76]基址. 午, 到嘉山. 宿于東上房. 是日, 行五十里.

二十六日癸巳, 晴. 食後, 發行. 到納淸亭[77]. 大川[78]南

---

73 恭愍 : 공민왕.

74 一舍 : 삼십 리.

75 □ : 1자 결락임.

76 控江亭 : 평안북도 박천강 가에 있는 정자이다.

77 納淸亭 : 『국역 신증동국여지승람』 제52권 평안도 定州牧 樓亭條의 신증 편에 의하면, 납청정은 州의 동쪽 40리에 위치하고, 중국 사신 唐皐가 이름을 지었다고 한다.
    담헌 홍대용의 기록에 따르면 "安州 安興館 60리→嘉山 嘉平館 50리→납청정 25리→定州 新安館 45리"라고 하였으므로, 서울에서 의주로 갈 때 정주에 이르기 직전에 들르던 곳이었다(『담헌서』, 「燕記」, '路程').

78 大川 : 납청정이 서 있는 加麻川이라는 냇물을 이른다. 『국역 신증동국여지승람』 제52권 평안도 定州牧 樓亭條의 신증 편에 가마천이라는 냇물의 이름이 보인다.

流, 垂楊挾岸而已. 午, 抵定州. 官舍之壯, 物役之盛, 甲於兩西. 是日, 朝行二十五里, 夕行四十五里. 牧使[79]來謁, 酌酒相語.

二十七日甲午, 朝陰晚雨. 平明, 發行. 巳時, 到雲興[80], 中火. 未時, 到林畔[81]. 宿于東上室. 是日, 朝行三十里, 夕行四十里.

二十八日乙未, 朝雨暮晴. 平明, 發行. 到車輦[82], 中

---

79 牧使 : 이때 정주 목사는 鄭之虎였다. 鄭太和(1602~1673)는 낭선군보다 1년 앞선 1662년 7월말에 서울을 출발해서 연행을 하였는데, 8월 10일에 납청정에서 점심을 하는 자리에 정주 목사 정지호가 찾아온 사실을 그의 연행기에 기록하고 있다. ("初十日, 中火于納淸亭. 牧使鄭之虎, 德川郡守具仁塵入謁." 『陽坡遺稿』 권14, 「飮氷錄」)

정지호(1605~1677)는 자가 子皮, 호는 霧隱, 본관은 동래로, 1637년 문과에 급제하였다. 낭선군보다 4년 앞서 1659년(현종 즉위년) 11월 3일 서울을 출발한 동지사행의 부사로 청나라를 다녀왔고, 이후 형조 참판과 대사간 등을 역임하였다. 허목과 윤휴 등을 따른 淸南의 주요 인사로 지목되어, 『실록』에 "윤휴의 鷹犬이었다."는 기록이 있다. 정주 목사로서 정지호는 평안도 淸北 어사 閔維重에 의해 제대로 다스리지 못하였다고 탄핵 당한 기록이 『실록』에 보인다(현종 5년(1664) 12월 13일).

80 雲興 : 운흥관.

81 林畔 : 임반관.

火. 午, 抵良策⁸³. 舘于聽流堂. 川邊⁸⁴, 岩石層矗, 楓樹成林, 瀟洒可愛. 夕, 副使來見. 設網前川, 獲鰷魚⁸⁵數十. 是日, 朝行四十五里, 夕行三十里.

二十九日丙申, 雨. 午, 到所串⁸⁶. 府尹金宇亨⁸⁷, 呈空

---

82 車輦 : 거련관.

83 良策 : 양책관.

84 川邊 : 여기 냇물은 청류당이 자리하고 있는 평안도 용천군 양책역 부근을 흐르는 시내를 이른다.

　　저자 미상의 『赴燕日記』에 들어 있는 『往還日記』의 무자년(1828년) 4월 29일 조에 "龍川站의 청류당에서 잤다."고 하고 이어 "청류당 앞에 시내가 있고 시내 위에 天淵이라는 정자가 있었는데, 북쪽 변방의 세 가지 기이한 볼거리였다. 石壁에 聽流岩 세 글자를 새겼는데, 맑은 물, 자그마한 정자가 족히 한번쯤 쉬어갈 만하였다."고 하였다.

85 鰷魚 : 鰷魚는 숭어. 『자산어보』와 『물명고』, 『난호어목지』에서 모두 조어를 슈어, 혹은 숭어로 표기하고 있는데, 숭어를 가리킨다. 거련관이 위치한 철산군은 서해를 끼고 있는데, 숭어는 한겨울(10월~2월) 산란을 위해 먼 바다로 나갔다가 3월 이후 봄철이 되면 치어와 함께 연안으로 몰려온다. 정현창·조미선, 「전라좌수영의 水場과 鰷魚의 意味」(『지방사와 지방문화』 23, 역사문화학회, pp.192-231, 2020).

86 所串 : 소곶관.

87 金宇亨(1616~1694) : 자는 道常, 호는 寄傲堂, 본관은 光山, 시호는 貞惠이다. 1650년 문과하여 한성 판윤, 개성 유수, 형조 판서 등을 역임하였고 저서로 『玉山遺稿』가 있다. 글씨에 뛰어나 『海東金石總目』 등에 기록이 있고, 여러 비석이 남아 있다.

狀⁸⁸出待. 中火發行, 數十里, 登箭門嶺⁸⁹. 嶺之高, 倍於
洞仙, 眼界甚濶, 而以霖雨不得見. 申時, 到義州, 舘于聚
勝亭⁹⁰, 與府尹⁹¹, 從容相話. 行中驛馬及馬頭牢子等, 揀
擇入□. 是日, 朝行四十里, 夕行三十五里.

　六月初一日丁酉, 雨. 曉頭, 當行望闕禮, 因雨不得行
禮之意, 停當于一行及府尹. 自辭朝以後, 霖雨連旬, 陰
晴相半, 川江漲溢, 極慮極慮. 西伯以撥便, 造送獾皮毛
浮⁹². 又以刷馬二疋, 別爲加送. 搜銀御史趙遠期, 病重不

---

88 空狀 : 수령이나 찰방이 감사, 병사, 수사 등에게 공식으로 만날 때 내는 직
　　명을 적은 편지.

89 箭門嶺 : 소곶관에서 의주로 들어가는 길목의 고개. 韓弼敎(1807~1878)의
　　기록에, "소곶관에서 20리 되는 곳에 그리 험하지 않은 고개가 있으니, 구불
　　구불 이어지다가 올라가는 것이 꽤나 멀다. 왼쪽으로 白馬山城을 바라보니
　　나무들이 울창하다. 그 정상에 오르자, 金石山이 연무 속에서 출몰하였다.
　　그 오른편으로 우뚝 솟은 언덕은 馬耳山이요, 그 왼편으로 가로질러 비치는
　　것은 압록강이다."고 하였다(『隨槎錄』 권2, 「遊賞隨筆」, '箭門嶺').

90 聚勝亭 : 조선 成宗 때 평안도 의주의 客館 동쪽에 건립된 누정. 1494년(성
　　종 25)에 의주 목사 具謙이 세우고, 洪貴達이 기문을 씀.

91 府尹 : 앞 구절에 있는 대로, 이때 의주부윤은 金宇亨이다.

92 獾皮毛浮 : 獾皮는 너구리 가죽, 毛浮는 '털뜸'이라고 하는데, 방석처럼 깔고
　　앉는 짐승 가죽이다.

得進來之意. 監司啓聞後馳報. 副使·書狀來會. 行中卜
馱, 盡爲改裹. 是日, 仍留.

　初二日戊戌, 晴. 府尹來見. 余請書八幅雲孫[93], 府尹乘
興而就. 日晚, 與副使·書狀及灣尹, 登統亭. 眼界之壯十
倍於百祥, 彼地[94]山川, 盡列眼下. 茫茫曠野浮天氣, 滾滾
長江裂地形[95]之句, 可謂善形容者也. 府尹, 備酒肴, 仍令
張樂設餞, 日仄而罷. 遂與一行冠帶, 會于聚勝亭, 查對方
物卜馱. 書狀與府尹, 眼同搜檢後改裹. 府尹子庚寅生兒
來見, 名萬年[96]云. 流寓人李景說[97]爲名者, 自言成廟五代
孫, 來見. 潦雨稍霽, 明日越江之意, 相議停當. 仍爲停留.

　初三日己亥, 朝霧晩晴. 平明, 書狀及府尹, 先到江邊,

93　雲孫 : 종이 또는 문종이를 이르는 말이다.

94　彼地 : 압록강 건너편 중국 땅을 가리킨 말이다.

95　茫茫曠野浮天氣, 滾滾長江裂地形 : 어떤 시의 구절인지 미상이다.

96　萬年 : 金萬年인데, 의주부윤 김우형의 아들이다. 숙종실록에 "전 判尹 金宇
　　亨은 그의 아들 金萬年이 어떤 사람과 爭訟하다 죄를 입게 된 것 때문
　　에…."라는 구절이 있다. (숙종 3년 정사(1677)7월 23일(무술))

97　李景說 : 장령 등의 관직을 역임하였고, 『氏族源流』의 저자로 확인이 된다.
　　(이규경, 『오주연문장전산고』 인사편, 「씨성과 譜牒에 대한 변증설」)

方物卜馱, 盡爲出送. 方欲渡江之際, 水勢甚急, 大木漂
下, 而水之漲溢者, 比常時, 不啻倍筏, 勢難發舡. 故還爲
入來, 待水落渡江之意馳啓. 自今日胃熱極盛, 食飮專廢,
而眩症兼發, 有時昏憒, 極悶極悶. 是日, 又留.

初四日庚子, 朝陰晩晴. 令本府監官, 看審水勢, 則小
無所減. 故又留. 午後, 府尹來見. 夕, 往見副使·書狀及
府尹.

初五日辛丑, 晴. 水勢, 比昨稍減云. 故平明, 書狀及府
尹, 先往江上, 卜馱盡爲搜檢. 辰末, 出西門, 卸馬登舡,
則一行已到江岸矣. 府尹, 設餞于舡上. 酒七八巡, 副使
起舞, 府尹唱驪駒, 書狀醉倒. 午末, 解纜渡<u>鴨綠江</u>.
　朝, 越江狀啓, 付送于撥便. 家奴受書辭去. 行數里, 渡
<u>中江</u>.[98] 又一里許, 以扁舟渡<u>方必浦</u>[99]. 此浦, 常時元無瀦

98　中江 :『赴燕日記』(작자 미상, 1828년)의「路程記」에는 '의주에서 책문까지
　　는 120리이다.'라고 하고, 노정을 나열하고 있다. 6월 5일, 낭선군 일행은 압
　　록강을 건너 20리를 가서 구련성 성터 부근에서 노숙을 했는데, 앞의「노정
　　기」는 "의주에서 압록강까지 5리, 少西江 1리, 중강 4리, 方坡浦 5리, 三江
　　5리, 九連城 4리"로 기록하고 있다.

99　方必浦 : 이갑(李坤, 1737~1795)의『燕行記事』와 金正中의『연행록』에는

水, 而因大雨, 漲溢如此云. 又行數里, 涉三江. 又數里,
抵九連城底, 設幕于江邊, 副使·書狀, 則日沒後, 追到.
員役及私卜, 太半落後. 夕, 義州砲手, 獲納二獐, 分給于
行中. 自此, 蘆薍敝[100]野, 長過人頭, 野無線路, 人烟斷
絶. 是日, 約行二十里. 夜, 宿于帳幕. 濕氣遍體, 衣衾盡
沾. 夜, 酌飲還燒酒[101], 夜深後假寐. 所謂九連城, 明朝
毛文龍[102]開府之地, 而今已盡頹, 只有基址.

　初六日壬寅, 朝大霧晚晴. 辰末, 落後人馬畢到. 灣尹,
以撥便傳致家書. 食後, 發行. 過馬轉[103]遷抵細浦, 宿于

　'方坡浦'로, 홍대용의 『연기』에는 '方陂浦'로 기록되어 있다.

100 敝 : 여기서는 '덮다(蔽)'는 의미이다.

101 還燒酒 : 소주를 또 고은 것.

102 毛文龍(1576~1629) : 명나라 말기의 무장. 누르하치(奴兒哈赤)가 요동을
　　공략하자 王化貞의 휘하로 들어갔다가 후에 左都督에 임명되었으며, 전횡
　　을 일삼다가 살해되었다.

103 馬轉 : 『부연일기』의 「노정기」에는 '九連城站'에 이어 "望隅 8리, 者音卜 4
　　리, 碑石隅 2리, 松隅 3리, 馬轉板 1리, 石隅 5리, 金石山 7리, 中衙門 3리,
　　湯池子 5리, 乾浦 3리, 細浦 7리"로 기록하고 있다. 낭선군은 그 중에서 마
　　전과 세포 두 곳만 기록하였다. 낭선군 일행은 첫날은 구련성 강가에서,
　　55리를 이동해서 둘째 날은 세포 냇가에서 연이틀 노숙을 했는데, 19세기
　　초반에는 『부연일기』의 '九連城站'이라는 기록으로 미루어 역참이 있었던
　　듯하다.

川邊. 砲手納一獐, 設網得錦鱗. 自此, 三使臣着冠以平服, 相訪無時. 是日, 行五十五里.

初七日癸卯, 朝霧晚晴. 平明發行. 二十五里, 過湯站.[104] 金石山, 在其左. 又行五里許, 涉湯站前川. 其水廣濶且急. 如此潦雨時, 則過涉之際, 每患辛苦云. 謝恩使譯官崔秀貞[105], 自牛庄[106]還來, 住轎于路傍, 修書付送京洛. 又行十五里, 到大龍山下, 朝飯于川邊. 行三十里,

---

104 湯站:『부연일기』의「노정기」에는 細浦 이후로 "柳田 2리, 탕참 9리, 蔥秀站 3리, 魚龍堆 1리, 車踰獐項 4리, 王八石 7리, 上龍山 3리, 柵門 10리"로 기록하고 있다.

6월 7일, 낭선군 일행은 책문 밖에서 점심을 먹고 책문을 들어서서 10여 리를 더 이동하여 봉황성에 도착, 숙소인 察院에 묵는다.

105 謝恩使譯官崔秀貞 : 낭선군 일행이 탕참 부근 길가에서 만난 사은사 역관 최수정은 우의정 鄭維城(1596~1664) 사행의 역관이었다. 사은사 우의정 정유성과 부사 完原君 李曼, 서장관 朴承健은 1663년(현종 4) 3월 20일에 서울을 출발하여 같은 해 7월 27일에 복명하였다. 귀로에 낭선군 일행과 만난 것이다.

정유성은 자가 德基, 호는 陶村이고, 圃隱의 후손이다. 남계 박세채가 행장을, 하곡 정제두가 묘표를, 우암 송시열이 신도비명을, 외증손 도곡 이의현이 묘지명을 썼다.

106 牛庄 : 요동에 있던 역참의 이름으로, 牛家庄의 준말이다. 海州衛의 서남쪽 60리에 있다. 서북쪽으로는 沙嶺, 廣嶺, 耀州 등의 역이 있다.

仍抵柵門外中火.[107]

　少頃驟雨暴至, 俄已乃霽. 使清譯, 使臣入來之意, 言
于守柵淸人, 則鳳凰城麻貝[108]三人及博氏·伏兵將·衙譯文
金·黃日隱金·甫十口[109], 甲軍三十餘人, 開柵出來. 使之

---

107 中火 : 길을 가다가 점심을 먹음. 또는 그 점심. 낭선군의 계묘 연행록에서
'중화'라는 단어는 21회 사용되었다. 압록강을 건너기 전에 곧 서울에서 의
주까지는 8회, 압록강을 건너 와서 곧 의주에서 서울까지는 9회가 보인다.
의주~서울 사이에는 하루도 빠짐없이 기록하였다. 한데 그 중간, 압록강을
건너서 북경으로 갈 때와 귀로인 북경~의주 구간에는 각 2회씩 4회만 보인
다. 이 구간에서 중화에 대한 기록이 적은 것은 낭선군 연행록에서 눈에
뜨이는 특색 가운데 하나였는데, 담헌 홍대용(1731~1783)의『燕記』「路程」
이나 李坤(1737~1795)의『燕行記事』(1777)「노정기」에 중화 또는 중화참이
다수 기록되어 있는 것으로 보아 일반적인 사례는 아니었던 듯하다.

108 麻貝 : 중국 측에서 나온 迎送官으로 護行을 맡은 관원이다.

109 博氏·伏兵將·衙譯文金·黃日隱金·甫十口 : 박씨와 복병장은 청나라의 하
급 벼슬 이름이다. 金景善의『燕轅直指』에 "아역이란 通官"이라고 하고,
인평대군의『연도기행』에 "陪行 衙譯 文金이 노루 한 마리를 잡아서 바쳤
다"고 하고 "봉성 아역 日隱金"이라는 이름이 보이고, 李元禎의『귀암집』
에도 "아역인 문금과 黃日隱金"이라는 이름이 보인다. 황일은금이라는 이
름은 낭선군 연행록에서 바로 다음 날인 6월 8일 기록에 또 보인다. 석 자
로 된 '일은금'은 이름으로서는 낯설지만『일성록』에는 김일은금, 안일은
금, 이일은금, 홍일은금이라는 넉 자 성명들이 보인다. 甫十口는 기록에 따
라 甫十古, 甫古 등으로도 표기되는데, 撥什庫를 가리킨다. 팔기에 속하여
문서와 식량을 관리하는 하급 벼슬이다.
　계속해서 김경선의 기록에 "아역과 마패 각각 1인이 복병장 1인, 보고

坐於帳中, 饋酒給禮單, 則卽爲起去. 公私卜馱, 一一計
數入柵. 入柵之意, 具由馳啓, 授之陪持, 家書亦付送. 義
州將官以下皆辭去. 於是三使臣相繼入柵, 涉數大川, 行
十餘里, 到鳳凰城察院. 所謂察院者, 作草家四五間, 以
爲三使臣入接之所, 外以木柵周之而已. 其後有鳳凰山,
山勢極險峻, 其外植木爲柵, 名曰柵.

察院屋宇, 爲雨水滲漏, 坑上沾濕, 已不堪其苦, 而紅
頭[110]之輩, 林立目前, 侏離鳩舌, 指點顧笑, 驚心慘目,
有如是夫. 是日, 朝行三十里, 夕行四十里. 夕, 使淸譯送
禮單于城將. 且言因雨泥濘, 見冠禮, 勢難設行之意. 城
將許之. 粮饌柴草, 各站來納, 而粮則灣裨句管, 草則兵
裨句管, 饌則淸譯句管, 分給一行云.

初八日甲辰, 晴. 朝飯後發行. 二十里許, 到白岩洞秣
馬. 踰余云者介[111]後嶺. 又涉四五大川, 到松站. 宿于察

2인, 갑군 18명을 거느리고 우리 사신의 행차를 호위하는 것이 준례이다.”
라는 말이 있다(『연원직지』, 「銜譯麻貝護行記」).

110 紅頭: 元나라 말기에 河北의 漢山童을 우두머리로 삼고 일어난 紅巾賊을
     이르는 말이지만, 여기서는 당시 청나라 쪽 군졸들의 차림새를 이른 말이다.

111 余云者介: 홍대용, 『연기』에는 “(봉황성에서) 乾者浦까지는 20리인데, 그
     곳에서 점심을 먹었다”고 하고, “건자포를 일명 餘溫者介라고도 한다.”는

院. 是日, 朝夕俱行二十里. <u>黃日隱金</u>子十四歲兒, 捉納生獐, 而弓馬一才云. 給刀扇.

初九日乙巳, 朝大霧晩晴. 平明, 發行. 十里許, 涉<u>瓮北川</u>[112], 乃<u>三江</u>上流也. 水勢廣濶, 岩石甚多, 雨勢若加數日, 則非扁舟不可濟云. 踰<u>獐項</u>, 又渡<u>八渡河</u>, 川邊朝飯. 又涉大川, 午到<u>通遠堡</u>. 夕, 宿于察院. 是日, 朝行三十里, 夕行三十五里.

初十日丙午, 朝雨晩晴. 朝飯, 發行. 到<u>塔洞</u><u>羅將塔</u>[113]

주석을 붙여두었는데, 余云者介는 여온자개와 같은 곳으로 생각된다.

112　瓮北川：『부연일기』의 「노정기」에는 전날 묵은 松站 이후로 "少長嶺 5리, 瓮北河 5리, 大長嶺 5리, 劉家河 8리, 黃家莊 2리, 八渡河 5리, 獐項 1리, 林家臺 9리, 范家臺 5리, 二道方身 5리, 通遠堡 10리"로 되어 있다. 낭선군은 중간 행선지 가운데 팔도하, 장항 두 곳만 기록하고 있는데, 『부연일기』 「노정기」와는 선후가 바뀌었다.

113　羅將塔：나장이란 병조에 속한 서리로, 羅卒이라고도 한다. 인평대군의 『연도기행』에는 나장탑이란 당시 조선에서 부른 이름일 뿐 중국에서는 본래 이름이 없는 탑이라고 한다. 金中淸(1567~1629)은 義州의 나장이 사흘만에 북경을 왕복하느라 그곳에서 죽었고, 탑을 세워 묻힌 곳을 표시하였다는 전문을 기록하고 있다(『苟全先生文集別集』, 「朝天錄」).
　　『부연일기』의 「노정기」에는 전날 묵은 通遠堡 이후로 "石隅 5리, 和尙莊 8리, 草河口橋 10리, 畓洞 2리, 分水嶺 15리, 高家嶺 6리, 兪家嶺 4리,

近處秣馬, 踰風水嶺. 午, 到連山館. 夕, 宿于察院. 是日, 朝夕俱行三十里.

十一日丁未, 朝晴極熱, 夕驟雨急至, 移時乃霽. 平明, 發行. 二十里, 踰會寧嶺.[114] 嶺上有石峰削立, 而行忙未見, 嶺之路, 不至險惡, 而但嶺底稍遠, 樹木蔽天而已. 到甜水站, 城外川邊朝飯. 左邊, 有岐路, 乃虎狼洞也. 洞口有塔. 朝飯後, 與書狀乘馬, 由甜水站城中路, 行十餘里, 到靑石嶺底. 盖此嶺與會寧相似, 而樹木尤多, 不見天日, 石路崎嶇, 行路極難. 澗邊岩石, 皆靑碧, 可作硯, 水沉者一介採得. 逾嶺二十里, 到狼子山察院.

副使一行, 則自朝飯處, 由虎狼洞路作行. 盖其路, 平坦無岩石, 而但比靑石嶺路, 十里加遠云.

連山關 5리"로 되어 있다. 「노정기」의 답동과 분수령이 낭선군 연행록에는 塔洞과 風水嶺으로 되어 있는데, 대부분의 연행기에는 '답동', '분수령'으로 표기되어 있다.

114 會寧嶺: 낭선군 일행이 전날 묵은 찰원의 위치는 기록이 없는데, 『부연일기』의 「노정기」에는 전날 낮에 도착한 연산관 이후로 "회령령 20리, 甜水河 17리, 甜水站 3리, 靑石嶺 10리, 小石嶺 5리, 狼子山 15리"로 되어 있다. 낭선군은 험난한 청석령을 지나면서 그 시냇가 물속에서 벼루가 될만한 돌을 하나 찾아서 챙겨두는데, 그의 관심사를 잘 보여주는 일이다.

夜大雨, 曉頭乃歇. 夜, 宿于察院. 是日, 朝行四十里,
夕行三十五里.

十二日戊申, 晴. 平明, 發行. 十五里, 涉三遼河. 三河
之中, 中河冣廣濶, 而水底石最多. 又行一里許, 逾小峴.
又一里許, 登王祥嶺. 嶺之高, 高於獐項, 北臨遼野, 不見
涯埃. 由嶺而下, 行數里, 到冷井[115]朝飯. 水味甚淸冷.

---

115 冷井 : 王寶臺와 같은 곳이다. 『계산기정』에 왕보대를 설명하여 "石門嶺
서쪽 5리 지점에 있다. 어떤 사람이 '王寶는 곧 王八로, 중국어의 발음이
비슷하다. 속칭 왕팔은 자라이다. 이곳에 鱉峯이 있기 때문에 그렇게 말한
것이다.'라고 한다. 냉정이 길 곁에 있는데 호된 추위에도 얼지 않는다."라
고 하였다(「왕보대」, 『계산기정』 제1권, 계해년(1803) 12월 2일).
　6월 12일, 닝신군 일행은 새벽에 숙소인 狼子山 찰원을 출발해서 20리
쯤을 가서 냉정에서 아침을 먹고, 이후로 50리를 더 이동하여 舊遼東의 찰
원에 묵었다. 『연원직지』에 "구요동성은 阿彌莊 동쪽 1리쯤에 있다. 성의
둘레는 7, 8리 가량 되는데, 지금은 모두 무너져 폐허가 되었다."고 하였다
(「구요동성기」, 『연원직지』 제1권, 임진년(1832) 11월 28일).
　낭선군은 압록강부터 냉정까지는 산천초목이 조선과 조금도 다르지 않
은데, 냉정부터는 산이 없고 광활한 요동 벌판이라는 설명을 붙여 두었다.
『연원직지』 「東八站記」에 "책문에서부터 迎水寺까지를 동팔참이라 하니,
하루 두 역[站] 씩을 합하여 8참이 되어 이름 지은 것이다. 8참의 사이는
높은 산과 험악한 고개, 큰 내와 깊은 숲이 많아 길이 매우 험난하니, 지나
가는 사람들이 가끔 수레가 뒤집힐 염려가 있다."고 하고 "영수사를 지나
그 후로는 곧 遼東大野이다."라고 설명하고 있다.

自鴨綠到此, 山川草木, 皆與我國峽中, 小無異同. 而自此以北, 則山勢已盡, 曠野茫茫, 烁炎張空, 塵埃蔽天而已.

朝飯, 行五里許, 路左有阿彌庄. 自此, 寺刹廟堂, 與閭閻相半焉. 路右有石臺寺, 寺在川邊山腰. 又十里, 到舊遼東. 新城在東, 舊城在西, 而皆在大野之中矣. 夕, 宿察院. 是日, 朝行四十里, 夕行三十里.

十三日己酉, 晴. 自此, 書狀雇車[116]以行. 曉頭, 發行. 到廣福寺.[117] 其傍有白塔[118], 巍然特立, 而高三十三丈云.

낭선군 일행은 영수사를 지나지 않은 듯하다. 6월 12일 낭선군 일행의 여정은 낭자산 찰원을 출발해서 三遼河, 王祥嶺, 냉정, 阿彌庄, 石臺寺, 구요동이다. 『부연일기』의 「노정기」에는 아미장 다음에 "木廠 5리, 太子河 9리, 迎水寺 1리"라고 하고, 영수사에 "책문에서 여기까지를 동팔참이라 한다."는 주석을, 태자하에는 "燕 太子 丹이 도망했던 곳."이라는 주석을 붙였다. 낭선군 일행은 심양에 들르지 않았고, 아미장 이후로 『부연일기』의 「노정기」와 길이 달라진다.

116 雇車 : 삯을 주고 수레를 빌림.
117 廣福寺 : 福은 祐의 잘못이다. 廣祐寺는 여러 연행기에 두루 기록이 있다. 인평대군은 "永安寺 뒤를 거쳐 上南門으로 해서 南關里에 이르니 광우사가 있고 그 속에 白塔이 서 있는데, 높이가 약 10여 길"이라고 하였고(『연도기행』 병신년(1656) 8월 30일), 연암 박지원은 "백탑 남쪽에 있는 오래된 절"이라고 하였다(『열하일기』 「광우사기」). 김혈조, 『열하일기』1(돌베개,

十五里, 登首山嶺. 下有首山庄. 路右有一山, 其名駐驆.
唐文皇征遼時, 駐驆于此云. 山腰有一庵頗精. 鳳城以北,
元無松檜, 而獨此山有之. 又十五里, 到南沙河堡川邊,
朝飯. 書狀, 自朝觸熱, 重患復痛, 可慮. 行五里許, 有八
家庄村舍, 水味甚淸冷. 午, 到筆管堡. 路左有鞍山者, 其
形似鞍. 夕, 宿于察院.

書狀, 痛勢不差. 言于麻貝, 出宿于閭家, 服二陳湯[119].
金景賢[120]私馬及駕轎馬一疋, 發熱卽斃. 是日, 朝夕俱行

2017, 개정판 1쇄), 161면에 "근년에 새로 복원한 광우사" 사진이 있다.

　　6월 13일 낭선군 일행은 꼭두새벽에 舊遼東의 찰원을 출발해서 광우사
와 백탑, 首山嶺, 駐驆山을 거쳐 南沙河堡 냇가에서 아침 식사를 하고 八
家庄, 筆管堡와 鞍山을 지나서 찰원에 묵었다. 인평대군『연도기행』의 여
정과 같다. 낭선군은 수산령의 연변에 주필산이 있다고 하였는데, 인평대
군은 수산령의 일명이 주필산이라고 하였다. 압록강을 건넌 지 8일째인데
서장관의 병이 심하고 일행의 말이 죽는 등, 한여름에 먼 길을 이동하는
고통이 점차 가중되고 있다.

118　白塔 : 백탑은 구요동과 심양의 두 곳에 있는데, 낭선군이 들른 곳은 광우
　　사에 있는 백탑이고, 연암이 「요동백탑기」에서 말한 탑이다. 지금도 遼陽
　　의 백탑공원 경내에 백탑과 광우사가 같이 있다. 김혈조, 앞의 책, 157면에
　　요양의 백탑 사진이 있고, 166면에 심양의 백탑 사진이 있다.

119　二陳湯 : 痰飮으로 가슴과 명치 밑이 그득하고 불러오르며 기침을 하고 가
　　래가 많으며 메스껍고 때로 토하며 어지럽고 가슴이 두근거리는 데 쓴다.
　　급·만성 위염, 위하수, 급·만성 기관지염, 자율 신경 실조증, 姙娠惡阻 등
　　에 쓸 수 있다. (『한의학대사전』)

三十里.

十四日庚戌, 晴. 曉頭, 發行. 十里許, 有莊家屯. 又行
十五里, 過雙廟堂. 書狀病勢, 比昨稍愈. 朝飯後, 發行.
午末, 到牛家庄.[121] 察院, 在城外. 蚊蝱, 至此地尤多, 人
馬不堪其苦.

　館直女人, 年僅五十, 而詳解我國語. 問之則稷山[122]衙
吏之女, 而丙子被虜至此云. 丙子被虜之人, 入此之後, 日
夜常用淸漢語, 故丙子雖不遠, 我國語音, 不成說者甚多.
　是日, 朝行四十里, 夕行三十里.

120　金景賢 : 미상

121　牛家庄 : 驛의 이름으로, 牛莊이라고도 한다. 6월 14일 낭선군 일행은 새
　　벽에 출발해서 莊家屯을 지나 雙廟堂에서 아침 식사를 하고 오후에 우가
　　장에 도착하여 찰원에 묵었다.
　　　인평대군은 1656년 연행에서 연경에 갈 때와 귀로에 모두 우가장에서
　　숙박을 했다. 그곳의 城東館이라는 숙박 시설은 조선 사신을 위해서 지은
　　것인데, "草屋인데다가 비좁아서 그 괴로움을 견딜 수 없었다."고 하였다(『연
　　도기행』 1656년 9월 1일과 11월 19일).
　　　낭선군은 우가장 찰원에서 만난 50세쯤 된 여인의 뛰어난 우리말 구사
　　력을 특별히 기록으로 남기고 있다. 27년 전 병자호란에 끌려간 충청도 직
　　산 아전의 딸이었다. 일상에 쓰지 않는데다 한 세대가 지났으니 당연하겠
　　지만, 우리말을 못하는 사람이 매우 많았다고 한다.

122　稷山 : 현재 천안시 서북구 직산읍이다.

十五日辛亥, 晴. 朝, 謝恩使上使鄭右相維城[123]·副使參
判李曼[124]·書狀朴承健[125], 而書狀病重, 到灣落後. 先來譯
官梁孝元[126]·軍官孫尙敏[127]等來謁. 方物計數, 傳授淸人

---

123 鄭右相維城 : 鄭維城(1596~1664)은 54면의 각주 106번을 참고.

124 李曼 : 完原君 李曼(1605~1664)의 자는 志曼이고 讓寧大君의 7대손이다.
完陵君 李世良의 손자, 형조 참의 李森의 아들이고, 증 영의정 尹自新의
외손이다.

　1628년(인조 6) 문과 급제하여 여러 관직을 두루 역임하였고, 1663년에
사은사의 부사로 청나라를 다녀와서 이듬해 작고했다(허목, 『기언』별집
제18권, 「대사헌 완원군 이공 묘지명」).

　완원군이 연경에 다녀온 뒤에, 연경에서 許龍과 彦男이 硫黃을 몰래 사
들인 일이 나중에 발각되어 청나라에서 사신까지 보내와 추궁하고 관련자
를 문책하였다고 한다(『현종실록』 4년 11월 9일).

　유황 밀매 사건은 크게 문제가 되었거니와, 귀국 이듬해에 정사 鄭維城
(1596~1664)은 예순아홉, 부사 완원군은 예순의 나이로 나란히 유명을 달
리했고, 서장관 박승건도 4년 뒤 쉰아홉으로 작고했다. 조선 조정에서 처
벌되지는 않았지만 일의 진행 과정에서 모두 큰 압박을 받았을 것이다. 게
다가 낭선군 사행의 부사 李後傑도 정유성 사행의 유황 밀매를 무마하려
고 무리한 시도를 한 일이 큰 문제가 되었고, 낭선군 연행록에서 중요한
내용으로 기록되어 있다.

125 朴承健(1609~1667) : 1630년 仲兄 承休와 함께 진사가 되고, 1650년(효종
1) 문과에 급제하여 정언, 상주목사 등을 역임하였다.

126 梁孝元 : 정유성 사행에 속한 역관이다. 유황 밀매가 문제되어 청나라 사
신이 조선에 와서 조사할 때 李翊臣 및 정사 정유성, 부사 이만 등과 함께
조사를 받은 인물이다. 『실록』에서 청나라 사신은 양효원과 이익신을 "犯
禁한 사람을 데리고 간 자들"이라고 지목하고 있다(『현종개수실록』 4년 계

後, 狀啓付送于牛庄回還人. 北京入去馬, 多有勞熱致傷,
故以牛庄出去馬換把之意, 亦及于啓聞中. 牛庄痲貝及衙
譯姜彥男·金述來到, 亦給禮單. 禮單傳授之際, 日勢已
晚, 人馬未及蘇歇. 故仍留牛家庄. 書狀所患, 幾至復常.

十六日壬子, 朝晴, 午雨, 夕霽. 未明, 發行. 二十五
里, 過三河堡.[128] 又一里許, 渡三叉河, 乃踞流河下流也.
水勢頗急, 而且廣焉. 朝飯于江邊. 又十里, 過西寧堡. 巳
時, 到沙嶺驛, 下處于漢人家, 蚊蝱凝聚, 撲嚙人馬, 人馬
不堪其苦. 猲馬色白者, 頃刻之間, 忽作赤色焉. 自此至

묘(1663) 11월 9일).

127 孫尙敏(1607~?) : 본관은 구례. 1637년(인조15) 무과에 급제하였다.

128 三河堡 : 낭선군 일행은 6월 16일 미명에 출발해서 삼하보를 지나고 踞流
河의 하류인 三叉河에서 아침을 먹고, 西寧堡를 지나 沙嶺驛 漢人의 집에
묵었다. 숙소에 짐을 풀고 나서, 북경에서 돌아오던 사은사 정유성 일행을
만났다.

낭선군 일행은 하루 앞 6월 15일을 우가장에서 머물렀다. 아주 예외적
으로, 우가장에 이틀을 묵은 것이다. 북경에서 돌아오고 있는 사은사 정유
성 일행의 先來譯官 梁孝元 등을 맞아, 그 편에 장계와 서신을 서울로 보
내고 지치고 병든 말을 서로 바꾸는 등의 일을 하면서 휴식을 하였는데,
유황 문제도 있거니와, 두 사신단 사이에 협의가 필요한 어떤 일이 있었는
지도 모를 일이다.

盤山. 不設察院. 饌物亦自前不給云.

午時, 謝恩使行, 自燕出來. 而鄭相先送軍官·譯官致辭. 小頃, 相行先到. 卽與副使·書狀, 偕往鄭相所館, 從容相話. 李參判[129]亦到. 申時, 還下處. 譯官張炫·徐孝男·卞承亨·李芬[130]·寫字官李翊臣[131]·副使軍官李溟翼[132]來見. 夕, 鄭相送裨致辭. 李參判, 亦送人問之. 狀啓及家書付送. 是日, 朝行二十五里, 夕行三十五里.

十七日癸丑, 朝晴, 午雨夕霽. 二更, 發行. 三十里許, 過平安堡.[133] 又二十里許, 到一川邊止歇, 東方欲明矣.

---

129 李參判 : 사은사 정유성 사행의 副使인 完原君 李曼이다.

130 張炫·徐孝男·卞承亨·李芬 : 張炫은 숙종 때 禧嬪 張氏의 堂叔으로 당상 통역관으로서 여러 차례 북경을 오가며 공을 세우는 한편 무역을 하여 거부가 되었다. 徐孝男은 낭선군의 부친인 인흥군이 연행할 때도 수행해서, 인흥군이 남긴 『燕京錄』에 이름이 보인다. 卞承亨은 인평대군의 1656년 연행기록(『燕途紀行』)에 이름이 보인다. 李芬은 韓舜錫의 『東槎日錄』 서문에 銅浦 戚老 李長榮의 아들이라는 기록이 있는데, 동일 인물인 듯하다. 이장영은 算員 출신으로서 벼슬이 召村 察訪에 이르렀다고 한다.

131 李翊臣(1631~?) : 본관은 전주. 자는 國卿, 호는 瓦谷. 1663년 赴燕使의 일행으로 연경을 방문했다.

132 李溟翼(1617~1687) : 본관은 진보. 자는 萬里, 호는 反招堂. 1649년 급제하였다. 사간·대사간·충청도관찰사를 역임하였다.

133 平安堡 : 6월 15일 하루를 우가장에 머물렀기 때문인지, 낭선군 일행은 6

已而雷電轟天, 驟雨大至, 帳幕盡覆. 平地水深尺餘, 衣服寢籠, 盡沾雨水. 略治駈人. 水味自<u>沙嶺</u>至<u>盤山</u>醎苦, 色又靑紫, 不忍近口, 江水給價購來. 而載水之車, 直往<u>高平</u>, 故不得朝飯. 只令數三驛卒促食, 卽爲發行. 行十里到<u>高平</u>. 又四十里, 直抵<u>盤山</u>. 日將午矣. 夕, 宿于城外漢人家.

是日, 朝飯前, 行一百里. 蚊蝱之噆, 水味之惡, □[134] 有紀極. 而大雨之中, 濕鬱兼發, 千辛萬苦, 又且失時[135], 神氣萎薾, 飮啖專廢. 若此不已, 前頭必生大病, 極慮極慮. 是日, 行素.[136]

十八日甲寅, 未明, 發行. 十里許, 大雨忽作. 巳初, 乃霽. 午時, 到<u>廣寧</u>察院. 氣力漸盡, 終日伏枕呻痛. <u>廣寧</u>淸漢兩城將來見. 饋酒給枝三. 此地, 乃關外巨鎭. 全盛之

월 17일 二更에 출발해서 아침 먹기 전에 100리를 이동했다고 한다. 인평 대군과 귀암 이원정의 연행 기록도 평안보, 高平, 盤山으로 이어지는 여정 이다.

134 □: 한 글자 빠짐. 문맥으로 보아 '罔'으로 짐작됨.

135 失時: 식사할 때를 놓쳐서 밥을 먹지 못한 것을 이른 말.

136 行素: 집안이나 왕실에 기일이 드는 경우 생선이나 육류가 없는 素食을 하였다.

時, 遼·廣並稱脣舌, 而今則只有破堞而已.

夕, 力疾乘馬, 觀李成樑牌樓[137]及雙石塔. 所謂成樑, 卽都督汝松之考, 而爲廣寧伯者. 三間牌樓, 縹緲層霄, 望之極壯麗. 其傍只有雙塔, 而其高亦與遼塔無異矣. 北有醫巫閭山, 乃廣寧鎭山也. 人傳山中多有可觀寺刹及泉石, 上有一大池, 雖隆寒不氷云. 夕, 宿察院. 是日, 行五十里.

十九日乙卯, 自午下雨, 夕乃霽. 平明, 發行. 過壯鎭堡. 又二十里, 到閭陽. 朝飯于漢人家. 未末, 到十三山察院. 十三峰, 在路左. 被虜人[138]木川[139]騎兵朴貴男[140]爲名者來謁, 給枝三. 是日, 朝行五十里, 夕行四十里. 譯官愼而行[141]奴子, 因病落後. 自此, 水味稍勝.

---

137 李成樑牌樓 : 명나라 후기 遼東尹이었던 李成梁(1526~1615)의 牌樓이다. 현재 요녕성 금주 북진시에 있다. 본문에 있는 대로 이성량은 이여송의 부친이다.

138 被虜人 : 被擄人은 병자호란 때 포로로 끌려간 사람들, 혹은 그 후손들을 말한다. 이들은 함께 모여 마을을 이루고 산 경우가 많았는데, 많은 사신들이 이들을 만난 기록을 특별히 남기고 있다.

139 木川 : 충남 천안시에 있던 면을 가리킨다.

140 朴貴男 : 미상.

141 愼而行(1630~?) : 1652년, 23세에 역과에 합격했다. 자는 寡悔, 부친은 역시 역관인 愼德麟이다.

二十日丙辰, 朝雨晚晴. 未明, 發行. 乘馬涉大凌河, 到漢人家朝飯. 市上有秀魚, 其味與我國者無異, 但有土把. 又涉小凌河, 秣馬于川邊. 二十里, 過松山堡. 又二十里, 抵杏山察院宿所. 甲申[142]年間, 關外諸鎭, 皆被兵革, 而此處尤甚慘酷, 閭閻皆在陷坑之中, 而元無一石一礫之完全者. 是日, 朝行四十里, 午行三十里, 夕行四十里.

二十一日丁巳, 朝陰晚晴. 曉頭, 發行. 十里許, 有高橋堡. 到塔山, 朝飯. 令上通事, 行中人馬計數. 二十五里, 至連山驛秣馬. 又十里, 過雙石鋪.

夕, 抵寧遠衛. 入城門, 一馬場許路左, 有祖鎭·祖仁·祖承勳·祖大壽牌樓[143], 額以四世元戎太保, 或曰登壇俊烈, 或曰元勳初錫, 或曰廓淸之烈, 忠貞胆智, 其褒獎誇矜, 有如是夫. 傍有祖大壽家舍, 極侈麗, 而行忙未賞.

---

142 甲申 : 1644년. 명나라가 멸망한 해이다. 조선 인조 22년, 明 숭정 17년, 淸 순치 원년이다.

143 祖鎭·祖仁·祖承勳·祖大壽牌樓 : 영원성 안에 있는 祖鎭·祖仁·祖承訓·祖大壽의 4대의 패루가 있었고, 지금도 남아 있다. 이들은 청나라와의 전투에서 공을 세운 장수들이다. 낭선군의 부친인 인흥군은 그의 『연경록』에, 조대수의 집에 들러 그 번창한 모습을 기록으로 남기고 있다(『연경록』, 12월 초10일 갑오).

夕, 宿于察院. 察院, 昔日明倫堂也. 東國人數十人, 同居于此處, 常用我國語, 語音小無艱滯. 夕, 嚴戒宗爲名者來見曰, 曾居承內洞[144]云, 給枝三. 是日, 朝行三十里, 午行二十五里, 夕行三十五里. 牧馬之屯, 自凌河以北, 處處有之, 而或多至數百或千數, 平原廣野, 作群如雲, 望之甚壯.

二十二日戊午, 晴. 平明, 發行. 十二里, 過曹庄驛[145]. 又十八里, 有中右所[146]. 又五里, 到烟臺[147]近處, 朝飯. 行十七里, 過曲尺河堡[148]. 又十五里, 過東關[149]. 又二十里, 到中後所[150], 日僅未矣. 夕, 宿于關王廟. 僧人數三,

---

144 承內洞 : 漢城 中部의 동이다.

145 曹庄驛 : 靑墩臺와 七里坡 사이의 역참이다.
   『부연일기』의 「노정기」에 의하면 '심양에서 산해관까지 787리' 가운데 寧遠衛 다음에 "청돈대 6리, 조장역 6리, 칠리파 6리, 五里橋 7리, 中右所 5리" 등이 보인다.

146 中右所 : 일명 沙河所로, 명나라 때 건설된 鎭守地이다.

147 烟臺 :『부연일기』의 「노정기」에는 乾溝臺 다음에 '煙臺河'로 기록되어 있다.

148 曲尺河堡 :『부연일기』의 「노정기」에는 '曲尺河'로 기록되어 있다.

149 東關 :『부연일기』의 「노정기」에 따르면 曲尺河 다음이 三里橋, 그 다음이 東關驛이다.

150 中後所 :『부연일기』의 「노정기」에 따르면 東關에서 二臺子, 三臺子, 六渡

居于右廡. 市上得桃梨丹杏, 比東産頗無味. 門前有彩樓, 乃戱子所設之處云. 夕, <u>李鳳鳴</u>爲名者, 自言<u>白軒</u>(<u>李景奭</u>)四寸孫, 而納生梨·川魚, 給扇刀. 是日, 朝行四十里, 夕行四十里.

二十三日己未, 朝晚雨. 平明, 發行. 二十里, 到<u>沙河站</u>,[151] 朝飯. 又行十五里, 歷<u>溝兒河堡</u>[152]. 大雨忽作, 川江漲溢, 未末, 艱到<u>前屯衛</u>, 與書狀同宿于城中漢人家. 是日, 朝行二十里, 夕行三十里. 自午大雨, 達夜如注.

二十四日庚申, 朝晴. 川溪漲溢, 平地水深, 故不得發行, 仍留<u>前屯衛</u>.

河橋를 지나서 18리 지점에 있다.

151 沙河站: 『부연일기』의 「노정기」에 따르면 22일 숙박한 곳인 中後所에서 18리 떨어진 역참이다.
   중후소에서 一臺子 5리, 二臺子 4리, 三臺子 3리, 사하참 6리, 雙燉臺 4리, 板橋 4리, 葉家墳 4리, 口魚河屯 2리, 口魚河橋 3리, 亮水河 7리, 滿井鋪 4리, 前屯衛 4리로 이어진다.

152 溝兒河堡: 『부연일기』의 「노정기」에는 '口魚河屯', '口魚河橋'로 기록되어 있는데, 글자가 다르지만 같은 곳으로 보인다. 『열하일기』에는 '口魚河屯', '魚河橋'로 되어 있는데, 여러 연행기에서 '溝兒河'와 '口魚河'는 비슷한 정도의 기록 횟수를 보인다.

二十五日辛酉, 朝雨晚晴, 夕大雨. 平明, 發行. 二十里, 過高嶺驛,[153] 數涉大川. 又十里, 到中前所朝飯, 待其卜駄之畢到, 使之前行, 追後發程. 與書狀行二十五里, 路左一馬場許, 歷賞望夫石. 其傍有觀音柳一條, 枝如側栢, 葉似眞松, 而絮如柳絮, 蓋異樹也. 堂中有石碑, 黃致中[154]所書七言絶, 字法甚佳. 諺傳, 孟姜[155]之夫, 自南戍北, 不還家, 孟姜到此, 化爲石云. 寺僧獻茶, 給紙扇. 行三里許, 過八里堡. 又數里, 大雨忽作. 入文殊寺[156]夕飯.

153　高嶺驛 : 낭선군 일행이 비 때문에 6월 24일 하루를 더 묵은 前屯衛에서 새벽에 길을 떠나 20리를 지나 당도한 역참이다. 『부연일기』의 「노정기」에는 전둔위에 이어 "王家臺 5리, 望江臺 3리, 王濟溝 4리, 頭封河 5리" 다음에 '고령역 5리'가 있고 이어서 "小松嶺溝 3리, 大松嶺溝 5리, 中前所 7리, 大石橋 7리, 兩水河 3리, 老軍屯 5리, 王家莊 2리, 八里堡 10리"라고 기록되어 있다. 팔리보 다음에는 四方城子 5리, 二里店 1리, 山海關 2리로 이어진다.

154　黃致中 : 미상.

155　孟姜 : 秦나라 사람이다. 남편인 范七郎이 만리장성 축성 작업에 부역하다 죽자, 남편의 생사를 탐문하다가 장안을 바라보며 울다 돌로 변했다는 전설이 있다.

156　文殊寺 : 낭선군 일행은 八里堡를 지나 몇 리를 가서 큰비를 만나 문수사에 들어가서 저녁을 먹었다고 하는데, 문수사라는 사찰은 여러 연행기에서 확인이 되지 않는다. 『부연일기』의 「노정기」에는 姜女廟가 있다고 한 팔리보 다음에는 將臺라고도 불린 四方城子가 있고 곧 산해관에 이르는 것으로 기록되어 있다.

先送清譯于山海關, 通言于城將, 則彼以爲方物太半落後, 所當待其畢到點入, 而日晚且雨, 亦宜隨便. 卽冒雨前進五里, 入城門. 三重門樓, 第三層上, 額以題之曰天下第一關. 東接萬里長城, 南帶無邊大海, 可謂山海之要, 金湯之喉也. 城上標樓及內外女墻, 傷於大砲, 頹廢處多, 可惜. 初昏, 到察院.

是日, 朝夕俱行三十五里. 夜大雨, 達朝不霽. 屋宇滲漏, 帳幕盡霑, 坑上水深半尺. 行中卜駄, 盡爲收合積置, 然後與書狀, 跣足登坐, 而通宵不得交睫. 此間辛苦, 誰能知之. 副使所館之坑, 則滲漏之患, 不至已甚云.

二十六日壬戌, 終日大雨. 朝, 城將來到門外, 欲爲設宴. 使上通事, 言以進香之行, 而受宴未安, 彼輩亦以爲然. 午間, 城將送饌肴, 使淸驛致辭送禮單. 察院則比他處倍濶, 而水深過臬, 不得一時安頓, 良苦良苦. 終日大雨, 水勢甚漲, 不得前進, 未免仍留, 而暑炎亦極, 人不能堪.

二十七日癸亥, 朝雨晚晴. 食後, 使人探知水勢, 則前川之漲, 尙且過仞. 故又停行仍留, 而煩鬱苦極. 韓義敏[157]覓納西眞果[158], 其味與東國者無異. 朴而嶷出市得十七貼聖教序[159], 給價購之. 乾粮燒酒, 盡爲見偸, 略治丘人. 察院東數十步, 有聖廟門額, 朱子題曰欞星門, 庭中多喬木. 朴而巏曰, 吳判書埈[160]到此, 摹寫此門額而去云. 此處有望海亭·角山寺·九門等處, 而因雨不得見.

二十八日甲子, 朝晴夕雨. 水勢小無差減, 故又留. 越江之後, 計其前程, 則開月初四日間, 擬爲入京. 而意外阻雨, 稽滯至此, 鬱悶之懷, 可勝云喩? 戲子自數日前, 作架於城外, 大張群技, 觀者如堵云. 察院滲漏, 水深過

157 韓義敏 : 평안도 昌城 사람으로 청나라 大通官이 되어 이 시기 조선과 외교에서 중요한 역할을 담당한 韓巨源의 조카이다. 한거원이 그의 친 아우인 韓明哲과 조카인 한의민이 관직을 얻도록 주선하였고, 나중에 한의민은 於汀灘 權管이 되었다(『승정원일기』 인조 27년 기축(1649) 2월 26일).

158 西眞果 : 西果와 眞果이다. 각각 수박과 참외를 가리킨다.

159 十七貼聖教序 : 『十七帖』은 왕희지 초서의 대표작 가운데 하나인데, 첫머리에 '十七' 두 자가 있어서 붙은 이름이다. 원본은 일찍 일실되었다. 聖教序의 정식 명칭은 『大唐三藏聖教序』인데, 당 태종이 짓고 왕희지 글씨를 집자해서 비석으로 세웠다.

160 吳判書埈 : 吳埈(1587~1666)은 자가 汝完, 호가 竹南, 본관이 同福이다. 1618년(광해군10) 증광 문과에 급제하고 벼슬이 예조 판서, 판중추부사에 이르렀다. 문장에 능하고 글씨를 잘 써서 왕가의 吉凶册文과 삼전도비의 비문을 비롯한 수많은 公私의 비명을 썼다. 특히 왕희지체를 따라 단아한 모양의 해서를 잘 썼다.

膝. 書狀不堪其苦, 言于城將, 出宿于廟堂. 牛庄以北, 寺利廟堂, 無處無之, 而此處尤甚.

二十九日乙丑, 朝雨晚晴. 日晚後, 留滯亦悶, 相議發行. 出西門數里, 有大川, 常時則極淺, 而今因潦雨, 漲溢如此云. 以人夫過涉, 行十餘里, 到紅花店,[161] 朝飯. 又二十里, 過范家店. 又五里, 過大里營. 又五里, 過王家嶺. 又五里, 望海店. 又十里, 到深河驛, 日將未矣. 欲爲進宿楡關, 而麻貝以途路泥濘, 終始堅執. 夕, 宿于察院. 是日, 朝行十里, 午行五十里. 是日之行, 雖曰六十里, 譬之松杏[162]等路, 不過四十餘里矣.

七月初一日丙寅, 朝陰晚雨. 早朝, 發行. 行十里, 到網子店. 又十里, 過楡關, 涉大川八里, 過東白石鋪. 又一

---

161 紅花店 : 비에 막혀서 사흘을 산해관에 머물던 낭선군 일행이 6월 29일에 출발하여 10여 리를 가서 아침을 먹은 곳이다. 『부연일기』의 「노정기」에 따르면 산해관 지나서 홍화점 이후로는 "欒家嶺 2리, 吳家塋 4리, 二十堡窪 6리, 花家店 10리, 湯河堰 3리, 大理營 7리, 王家嶺 2리, 鳳凰店 3리, 望海店 10리, 深河驛 5리"로 이어진다. 앞쪽의 난가령부터 탕하언은 낭선군 연행록에 보이지 않고, 대리영 이후는 양쪽이 동일하다.

162 松杏 : 6월 20일의 松山堡와 杏山을 이른 말임.

里, 西白石鋪, 又十二里, 到撫寧縣[163]察院, 朝飯. 節孝
旋閭, 此處甚多. 行數里許, 有大川, 廣濶且深. 知縣出到
川邊, 一行卜物, 皆以舡過涉. 三行則以人夫, 從淺灘擔
轎以渡. 路左有兎耳山. 行十五里, 過蘆峯口. 又十里, 有
背陰鋪. 又十里, 到雙望鋪. 日僅申初矣. 夕, 宿于城內漢
人家. 是日, 朝行四十里, 夕行三十五里. 生鶩二首, 送于
麻貝處, 則再三稱謝云. 霖雨支離, 連月不霽, 常時溪澗,
漲作大江, 處處阻水, 站站停留. 千辛萬苦之中, 忽過三
朔, 而前路之遠, 尙且七八日程, 客中心懷, 有難形容, 而
人生到此, 生不如死.

初二日丁卯. 朝晴午雨. 朝飯後, 發行, 行十七里, 逾一
峴. 俯臨無礙, 過十八里堡, 行十八里, 到永平府[164], 日未

---

163 撫寧縣 : 7월 1일 이른 아침 길을 떠난 낭선군 일행은 무녕현의 찰원에 도
　　착해서 아침 식사를 했다. 『부연일기』의 「노정기」에 따르면 深河驛 이후
　　로 "高臺嶺堡 8리, 網子店 2리, 馬棚山 6리, 石子河 1리, 楡關 3리, 宋家莊
　　3리, 上白石堡 2리, 下白石堡 3리, 吳家嶺 4리, 무녕현 8리, 羊河 1리, 五里
　　堡 4리, 盧家店 2리, 十里臺堡 3리, 蘆峯口 5리, 茶棚庵 6리, 飮馬河 3리,
　　背陰堡 3리, 雙望堡 8리"로 이어진다. 장마철에 천신만고 온갖 고통을 겪
　　고 있는 낭선군은 7월 1일 일기를 "사는 것이 죽느니만 못하다."는 말로
　　맺고 있다.

164 永平府 : 연경에서 동쪽으로 550리쯤 떨어진 곳으로, 殷나라 때 孤竹國이

午矣. 人物之衆, 市肆之盛, 與山海關相似, 而物力則尤盛
云. 未及永平府一里許, 路左有李廣射虎石¹⁶⁵云, 而極不
似. 夕, 宿于察院. 此處有察院三處, 此其居中也. 是日,
行三十里, 道路泥濘, 沈沒人骭. 今日辛苦, 比前十倍.

　初三日戊辰, 乍晴乍陰. 去夜大雨如注, 至曉乃霽. 屋
宇滲漏, 溝水入堗, 人家盡頹, 川江甚漲, 人人莫不煎慮.
食後, 單騎出西門, 往見水勢, 瀁流甚急, 濁浪排空, 常時
則以步行過涉, 因潦雨如是十倍云. 蹔入地藏寺¹⁶⁶, 東庭
有葡萄結實, 無慮百數架, 下有井, 其味甚冷. 卽歸察院,
日未午矣.
　雨勢庶有開霽之望. 議于行中, 卽爲發行. 涉灤河行數

　다. 伯夷 叔齊를 모신 사당인 淸節祠와 北平 太守 李將軍 李廣의 射虎石
　일화로 유명한 곳이다.
　　『부연일기』의 「노정기」에는 雙望堡 이후 "吳縫子店 3리, 腰站 2리, 部落
　嶺 5리, 二十里堡 2리, 십팔리보 3리, 白沙河 7리, 驢子槽 8리, 漏澤園 3리,
　영평부 2리"로 기록되어 있다.
165　李廣射虎石 : 박지원의 『열하일기』와 李器之의 『一菴集』, 金景善의 『燕轅
　直指』 등에 「射虎石記」가 있다.
166　地藏寺 : 다른 연행록에서 보이지 않고, 1790년에 연행을 한 徐浩修 일행은
　이 절에서 하루 묵었다는 기록이 있다. 서호수, 『연행기』 제1권, 7월 7일.

里, 過百家庄,[167] 到第二川邊, 駐轎小憩. 麻貝覓納烹鵝.
卽使淸譯送西果及刀扇. 此地多産西眞果, 而體大味甘.
以扁舟涉川, 由田中路. 蓋平地水深, 沒膝或過髀上, 故
不得從大路也. 行數里, 至第三川邊, 日已暮矣. 此三處
之川, 常時水淺, 未過人膝, 而因潦雨, 濟以扁舟云. 只數
隻扁舟, 輸運往來之際, 自致初昏. 與副使·書狀, 蒼黃先
渡. 二更, 堇投少家庄. 間關跋涉, 辛苦無比. 員役若干柶
籠數駄之外, 許多人馬, 盡爲落後. 是日, 約行十五里.

初四日己巳, 自朝至午, 大雨暴至. 麻貝及衙譯金連
立[168]爲名者來問. 招見饋酒. 朝, 落後卜駄畢到. 食後,
冒雨發行. 二十五里, 到野鷄屯. 又十里, 到沙河驛[169]城

---

167 百家庄 : 7월 3일 하루 동안 사신 일행은 단지 15리만 이동할 수 있었다.
　　장마로 불어난 灤河 강물과 도로 사정 때문이었다.
　　　『부연일기』의 「노정기」에는 永平府 이후로 "靑龍河 1리, 南坻店 4리, 난
　　하 1리, 鴨子河 4리, 范家店 6리, 望夫臺 4리, 安河堡 8리, 赤紅堡 6리"에
　　이어 野鷄屯이 기록되어 있다. 그러나 낭선군 연행록에는 난하 이외에는
　　보이지 않는다.
168 金連立 : 같은 시기에 연행을 한 鄭太和의 『飮氷錄』(『陽坡遺稿』 卷14)에도
　　그 이름이 보인다.
169 沙河驛 : 7월 4일은 野鷄屯을 거쳐 점심 무렵에 사하역에 도착했는데, 동
　　이로 퍼붓듯 비가 내려서 길을 가지 못하고 강가에서 노숙을 하였다. 『부

外大川邊, 日將午矣. 頃刻之間, 大雨傾盆, 前川漲溢, 深加數仞. 四無閭閻, 進退不得, 川邊有一沙阜, 一行爭先登之.

日晡之後, 雨雖止歇, 水勢不減. 故一行上下, 不得夕飯, 露宿于沙阜之上, 駕轎之中. 夜大霧, 衣冠盡濕, 不堪其苦. 夜, 書狀與副使, 燃燭圍碁于轎內. 往來淸人, 莫不捧腹. 是日, 約行四十五里.

初五日庚午, 快晴. 日未巳時, 水勢大減, 纔過人腹. 卽送灣上人于城中, 粮與柴貿來, 使之朝飯後, 過涉. 行一馬場許, 由沙河驛城外路以行. 書狀獨爲入城, 歷訪秀才姜文輔, 未利而還. 此人年董五十, 頗通書史云. 十五里, 有七家嶺. 又五里, 過新店. 又十里, 到王家店, 下轎于石橋傍小憩. 又行五里, 過張家屯. 又十五里, 申時到榛子店.[170]

연일기』의 「노정기」에는 沙河屯으로 표기되어 있다.

170 榛子店 : 7월 5일 하루 여정을 가서 사행이 머문 곳이다. 모처럼 쾌청해서 일정이 순조로운 날이었다.

　『부연일기』의 「노정기」에는 사하역 이후로 "紅廟 5리, 馬鋪營 5리, 七家嶺 5리, 新店子 5리, 乾河草 5리, 王家店 4리, 新平店 4리, 張家店 2리, 扛牛橋 4리, 蓮花池 1리, 靑龍橋 9리, 진자점 1리"로 기록되어 있다. 이 가운

夕, 宿于漢人家. 此地人, 家畜一鳥, 其名爲銅觜. 一漢人持示一小硯曰, 此硯出於西洋國, 而天下絶品, 取以磨墨, 盖好品者, 制樣亦異, 而價重不得購, 可歎. 昨夕失時, 露宿于雨露之中. 暑感極重, 奄奄駄載, 終日沉痛, 極悶極悶. 是日, 行五十里.

初六日辛未, 晴. 朝飯後發行. 二十里, 過鐵城坎. 又行三十里, 到豐潤縣,[171] 日董午矣. 與書狀, 下處于漢人王惲家. 家在察院之西, 庭中多植花卉, 所謂惲, 卽王怡之兄也. 乙丑[172], 先公[173]赴京時, 舘于此地. 怡, 其時年董

데 칠가령, 신점자, 왕가점, 장가점은 낭선군 연행록에도 보이는 지명이다.

171 豐潤縣: 『부연일기』의 「노정기」는 진지점 이후로 "煙墩臺 10리, 白草窪 7리, 鐵城坎 3리, 牛欄山 5리, 小鈴河 4리, 板橋 1리, 銀城堡 5리, 五里臺 10리, 풍윤현 5리"라고 기록하고 있다. 7월 6일 사신 일행은 철성감에서 30리를 이동해 풍윤현에 도착하여 하루를 묵었다.

풍윤현에는 낭선군의 부친인 인흥군이 연행할 때 인연으로 世交가 있는 王惲과 王怡 형제가 있었고, 낭선군은 이들과 친교의 기회를 가졌다.

172 己丑: 1649년, 효종 즉위년이다. 효종은 인조 서거 후 1649년 5월에 즉위하였다.

『실록』효종 즉위년 기축(1649) 10월 15일 기사에 "인흥군 李瑛을 사은사로, 李時昉을 부사로 삼았다. 처음에 영의정 이경석을 정사로 차출하였는데, 청나라 사람들이 반드시 종실을 사신으로 삼고자 하였기 때문에 이영으로 대신한 것이다."라고 하였다. 저본의 '乙丑'은 '己丑'의 잘못이다.

十六七, 而爲人穎悟, 頗通經書. 先公東還之後, 愛其爲人, 以朴有杰入去之便, 委書存問, 兼饋刀扇等物. 怡, 感其記問, 報以書畫筆硯. 不佞年少時, 熟聞王怡之名矣. 十五年間, 得見於千里異域, 情如舊知. 人事之變, 有如是夫, 悲哉[174]. 惲之兄弟, 設大饌酌酒以歡, 其意甚款. 王怡, 覓納書冊及斑硯. 酬以貂皮[175]·技三·釰竹·銀刀等物. 朴而黻·李彭年輩, 覓來書貼, 或購或還給. 此地有谷秀才應泰[176]者, 多刊書冊, 賣買資生云.

自少家庄以後, 所得暑症, 轉轉增劇. 至于今日, 滿身寒戰, 頭痛如刺, 迨不省人事. 至夜分痛勢極重, 頃刻之間, 壯熱猝發, 汗出如流, 質明乃歇. 疑是瘧漸, 元氣大敗之餘, 得此重病, 極悶極悶. 下輩亦傷於暑熱, 雇車以行者, 多至十餘人. 副使奴子·朴有杰奴子二名·朴而黻奴子·朴後亮奴子·驛卒五人·刷馬丘人數人, 皆雇車以行. 軍牢劉海發, 則其中症勢極重, 昨夕吐血數升, 必是染疾, 一

---

173 先公 : 낭선군의 부친인 仁興君 李瑛(1604~1651)이다.

174 人事之變, 有如是夫, 悲哉 : 인흥군이 작고한 일을 이른 말임.

175 貂皮 : 담비가죽

176 谷秀才應泰 : 谷應泰는 『明史紀事本末』을 저술한 학자로, 여러 연행록에 이름이 보인다.

行莫不憂慮. 是日, 行五十里.

初七日壬申, 晴. 痛勢比昨稍歇, 王怡來見, 給藥參.[177] 早朝發行. 出城一馬場許, 渡一江, 行十里許, 至高麗堡,[178] 朝飯于廟堂. 又二十里, 到沙流河邊駐轎, 以數隻扁舟, 陸屬搬運, 往來之際, 日已過午矣. 行十五里, 過兩家店. 又二十五里, 到玉田縣察院, 日已昏矣. 是日, 朝行十里, 夕行六十里. 雨勢雖霽, 途路泥濘, 跋涉顚仆, 三渡大河, 日且昏暮. 今日辛苦, 可謂極矣.

初八日癸酉, 晴. 朝飯後發行. 二十五里, 過彩亭橋.[179]

---

177 藥參 : 약물과 산삼. 參은 蔘의 의미임.
178 高麗堡 : 『부연일기』의 「노정기」에는 '高麗店'으로 표기하고, "논〔水田〕이 있다."고 주석을 붙이고 있다. 7월 7일 아침에 풍윤현을 출발한 사행은 玉田縣까지 70리를 이동한다. 『부연일기』는 노정을 "趙家店 5리, 張家店 1리, 還香河 1리, 魯家莊 2리, 고려점 5리, 沙子河 5리, 軟鷄鋪 5리, 新坊 3리, 李家店 5리, 沙流河 7리, 兩水橋 10리, 兩家店 5리, 二十里堡 5리, 十五里屯 5리, 八東里堡 7리, 龍池庵 3리, 玉田縣 5리"로 기록하고 있다. 낭선군은 그 중에서 사류하, 양가점, 옥전현의 셋만 기록하였다.
179 彩亭橋 : 옥전현에서 25리 되는 곳이다. 7월 8일, 사행은 옥전현에서 薊州까지 40리를 이동했다. 『부연일기』의 「노정기」에는 옥전현 이후로 "西八里堡 8리, 黃家店 7리, 채정교 5리, 大枯樹店 10리, 小枯樹店 1리, 蜂山店 4리, 螺山店 3리, 梯子山 7리, 鼇山店 5리, 二里店 2리, 現渠 8리, 三家莊 3리,

又十里, 過枯樹店. 又五里, 到蜂山店, 中火于廟堂. 私持馬及義州刷馬, 發熱致傷者, 多至十餘疋, 極悶極悶. 行三里許, 有螺山店. 路左大野樹林中有城堞, 巍然有若關堡. 人云, 其中富者宋哥居焉, 而居處宏麗, 家資鉅萬, 使行多有歷觀者云. 又行七里, 過鼇山店, 又行二十五里, 至漁陽橋, 江水甚漲, 以舟過涉, 日已夕矣. 五里, 到薊州察院.

滿身寒縮, 不堪其苦. 至初昏, 寒戰則暫歇, 而熱勢頗重. 二更以後, 汗流遍體. 汗出之後, 症勢稍歇, 明是瘧疾. 痛勢苦歇, 不足暇論, 而食飲專廢, 以此極悶. 初昏, 副使追到. 副使左牽馬, 因中風不得前進, 故接置于薊州察院. 墻壁上, 有松雪所書「醉翁亭記」, 筆法極端妙. 其傍有獨樂寺, 而忙未入賞. 是日, 朝夕俱行四十里.

初九日甲戌, 晴. 極熱, 痛勢頗歇. 故早朝發行. 三十里, 到邦均店,[180] 廟堂朝飯. 禮房軍官, 非但不能擧任,

雲田寺 4리, 翠屏山 3리, 八里堡 2리, 漁陽橋 3리, 貫日莊 2리, 계주 3리"라고 기록하고 있다. 낭선군은 고수점, 봉산점, 나산점, 별산점, 어양교를 기록하고 있다. 낭선군은 이날, 자신이 학질에 걸렸음을 분명하게 진단하고 있다.
180 邦均店: 계주에서 30리 되는 곳이다. 사행은 7월 9일에 계주를 출발해서

言辭不恭, 面責遆任[181], 轉輾移怒, 廚子及乾粮馬頭決棍.
麻貝, 送淸譯問病, 給技三. 行十里, 路左有萬曆皇帝廟
堂, 極奢麗云. 而行忙未尋. 行二十里, 過白澗店. 又行八
里, 過公樂店, 行十五里, 渡一河. 又五里, 到三河縣城
內, 下處于關王廟. 日將未時矣. 副使·書狀, 追後入來.
是日, 朝行三十里, 夕行四十里.

　初十日乙亥, 晴. 書狀, 自昨夕猝患暑症, 症勢頗重, 不
得前進, 故相議仍留. 秀才數人來見, 給黍皮, 『黃庭經』[182]
及文長洲[183]畫軸買之. 永平府以後, 年少解文之人, 稍稍

三河縣까지 70리를 이동하여 관왕묘에 묵었다. 『부연일기』의 「노정기」에
는 계주 다음에 "五里橋 5리, 徐家店 10리, 방균점 15리, 白澗 12리, 公樂
店 5리, 段家嶺 3리, 石碑鋪 10리, 滹沱河 5리, 삼하현 5리"라고 기록하고
있다. 낭선군은 방균점과 삼하현 이외에는 중간에 백간점과 공락점을 기록
하고 있다.

181　面責遆任 : 面責은 대면해서 꾸짖다, 遆任은 임무를 박탈하다. 遆는 '遞'의
　　　俗字임.

182　『黃庭經』 : 중국 魏·晉 시대의 도가들이 養生과 수련의 원리를 가르치고
　　　기술하는 데 사용했던 도교 관계 서적이다.

183　文長洲 : 文徵明(1470~1559)이다. 이름은 璧, 자가 징명이고, 호는 衡山이
　　　다. 이름이 아니라 자로 알려져 있다. 蘇州府 長洲縣(지금 江蘇 蘇州) 사
　　　람이므로 '문장주'라고 한 것이다. 명나라의 대표적인 서화가이고 감상가이
　　　자 문인이다.

有之, 而豊潤·玉田及此地尤多. 申時, 瘧疾復發, 夜深之
後乃蘇, 而痛勢比前加重, 尤悶尤悶.

十一日丙子, 晴. 氣力差蘇, 故曉頭發行. 三十里, 到夏
店村舍朝飯, 而滿身困憊, 餘熱未祛, 故終不得下匕以過.
二十五里, 過烟郊堡. 又二十里, 至通州江[184], 南方商賈
舡都會之處也. 帆檣蔽岸, 彌滿數里. 明朝爲其糟[185]運,
堀而爲江云.　　舡形如「西湖圖」[186]所畵者相似.　過涉行數

184　通州江 : 통주는 북경 동쪽 40리에 있는 河北省 通縣인데, 대운하의 종착
　　점이다.
　　　7월 9일에 삼하현의 관왕묘에 도착한 사행은 서장관의 질병으로 다음
　　날인 10일에 출발하지 못하고 하루를 머물렀다. 7월 11일 새벽에 삼하현을
　　출발해서 낭선군의 계산으로는 80리를 이동하여 해질 무렵에 통주의 숙소
　　에 이르렀다. 『부연일기』의 「노정기」에는 삼하현 다음에 "棗林莊 6리, 白
　　浮圖 6리, 新店 6리, 皇親店 6리, 夏店 6리, 柳河屯 6리, 馬起鋪 6리, 燕郊
　　堡 8리, 方家莊 3리, 滕家莊 5리, 胡家莊 4리, 習家莊 2리, 白河 1리, 통주
　　2리"라고 기록되어 있다. 사행은 하점에서 조반을 먹었다. 『부연일기』에는
　　통주 아래에 "石路가 여기서 시작한다."는 주석이 있는데, 통주부터 연경까
　　지는 포장도로였다는 말이다.

185　糟 : 저본은 '漕'의 잘못이다.

186　西湖圖 : 여러 사람들이 「서호도」를 언급하고 있는데, 호음 정사룡(1491~
　　1570)은 둔암(鈍庵)이 「항주서호도」 등의 그림을 보내왔다는 시를 남기고
　　있고(『湖陰雜稿5 雜記日錄』: 「鈍庵寄送杭州西湖圖, 雪擁藍關圖, 商山四皓
　　圖, 玉堂春曉梅花圖索詠. 雜記一律博笑」), 환재 박규수 역시 "내가 연경에

里, 入城門, 日沒時, 到察院. 與書狀, 同宿于中門間. 是
日, 朝行三十里, 夕行五十里. 城門內外, 市肆極盛, 嚮者
永平府, 不啻兒戲. 譯輩言, 物役之壯, 人民之衆, 比北京
不至顯殊. 朴有炁覓納龍眼[187], 下輩覓納靑葡萄, 其味如
東國之產.

十二日丁丑, 晴. 未明, 乘馬發行, 到東嶽廟. 自通州
至此, 相去四十里, 閭閻與鋪子之類, 接屋連墻, 絡繹不
絶, 車馬塞途, 人肩相磨. 兵燹之餘, 尙且如此, 則其全
盛之時, 足可以想也. 朝飯後, 與副使·書狀, 周回遍覽.
廟制, 與我國東關廟相似, 而殿閣無慮[188]千間, 廟宇物像
之宏壯, 丹艧器物之偉麗, 可勝云喩, 可勝云喩. 庭中喬
木參天, 左右有石碑數百, 列立如麻. 其中松雪所書張天

갔을 때 錢塘의 擧人을 만났더니 소매에서 「서호도」를 꺼내 보여주기에 그
곳의 산수 형세를 살펴보았다."는 말을 남기고 있다(김윤식, 『운양집』7, 「귀
천을 그리워하며 읊은 부〔懷歸川賦〕」). 정사룡이 말한 둔암은 宋寅(1517~
1584)의 호인 듯하지만, 같은 호를 쓰는 사람이 여럿이어서 단정할 수는
없다.

187 龍眼 : 龍眼肉이라고도 하고, 약재로도 쓴다. 福建, 廣東 등지의 특산 과실
이다.

188 慮 : 저본은 '慮'의 잘못이다.

師碑[189], 體羨尤大, 而字法奇健, 眞絶寶也. 內庭有元朝
虞集[190]所書八分碑, 亦好.

今日路上, 逢着一隻鸚鵡, 形色以我國所畫相似, 而頗
解漢語云. 又見鐵籠中一雙鳥, 其色似灰, 而人云斤斗[191]
等, 百才俱備. 諸王家欲爲觀光, 故借去云. 北京衙譯尹
堅[192]·車成鐵[193]出來納名. 卽以黑團領, 一行鱗次入朝陽
門[194]. 行數三里, 到玉河舘[195], 日董申時. 人物之衆, 市
肆之盛, 尤加于通州. 衙門人處, 送朴後亮[196]致辭. 申末,

---

189 張天師碑 : 서경순의 『몽경당일사·五花沿筆』의 을묘년(1855, 철종 6) 11
월 27일 조목에, "뜰 동편에는 趙孟頫가 쓴 張天師碑銘이 있는데, 조맹부
의 글씨를 탑본해 가는 사람이 많다고 한다."는 기록이 있다.

190 虞集(1272~1348) : 자는 伯生, 호는 道園, 邵庵이다. 원나라의 학자, 시인.
남송의 左丞相 虞允文의 5세손이고 吳澄의 제자이다. 揭傒斯, 范梈, 楊載
와 元詩四大家로 병칭되고 게해사, 柳貫, 黃溍과 元儒四家로 일컬어진다.
저서에 『道園學古錄』 50권, 『道園遺稿』 50권 등이 있다. 조선의 경우
우집은 『杜律虞註』(또는 『虞註杜律』, 『虞杜』)로 영향이 크다.

191 斤斗 : 물구나무서기. '筋斗'라고도 쓴다.

192 尹堅 : 인평대군의 『燕途紀行』에도 이름이 보인다.

193 車成鐵 : 미상.

194 朝陽門 : 北京의 성문 이름이다.

195 玉河舘 : 중국 北京 서쪽으로 흐르는 沙河의 玉河橋에 있던 舘所의 이름.
우리나라 사신의 숙소로 이용되었음.

196 朴後亮 : 역관이고, 본관은 豊壤이다. 그의 사위 朴再昌(1649~?)이 숙종 1

瘧疾復發, 寒熱俱劇, 夜分乃歇. 是日, 行四十餘里.

十三日戊寅, 晴. 熱則雖退, 勞憊滋甚. 食後, 堂上譯官二人, 表咨文無弊, 呈納于禮部. 山海關痲貝辭去, 給烟與竹.

十四日己卯, 晴. 日氣甚熱, 朝服草果平胃散[197], 灸大退穴三壯[198]. 申末, 瘧疾復發, 寒熱如前, 日暮乃甦.

十五日庚辰, 雨. 氣分稍安, 始進水澆飯. 自薊州以後, 瘧疾當次之日, 則數匙水澆之飯, 亦爲停廢, 所進者, 只飮綠豆粥數器, 氣力以此, 日漸萎頓, 極悶極悶.

년(1675) 역과에 급제하였는데, 박재창의 부친 朴元郞 역시 역관이었다. 박재창 부자는 무안박씨다.

　　『승정원일기』 숙종 8년(1682) 7월 8일에 奏請正使 東原君 李㴭 등을 포상한 기사가 있는데, '軍官 朴後亮'에게 兒馬 1필을 하사하라는 지시가 보인다.

197　草果平胃散 : "脾虛로 인하여 학질이 생긴 것을 치료한다."(『醫鑑刪定要訣』)

198　灸大退穴三壯 : 대퇴혈에 3장의 뜸을 떴다는 말이다. 壯은 뜸의 재료인 쑥으로 된 艾炷인데, 『국역 향약제생집성방』 등의 한의서 번역에서는 그대로 '장'으로 옮긴다.

夜, 數聲鶴唳徹半空, 未知誰家之物, 而聞來胸襟洒落, 不覺沉痾之去體也. 衙門, 以帝命, 使臣職啣及王親與外朝與否, 書之以去. 奴子承賢[199], 自數日前, 猝得暑症, 轉轉沉重, 粒米不入口, 人鬼關頭, 憐悶憐悶. 月經調[200] 九味淸[201]灌之, 則吐而不下云, 極悶.

十六日辛巳, 雨. 朝服草果平胃散. 申初, 又痛瘧疾, 症勢一兼.

十七日壬午, 雨. 痛勢雖歇, 氣力困頓, 食飮不得近口, 悶悶.

十八日癸未, 晴. 朝服草果平胃散. 午後, 瘧疾復發, 寒熱如前, 只飮生冷, 粒米專廢, 悶悶不可言. 禮物中香與燭, 朴有恁領納于太常寺, 淸蜜則上通事領納于光祿寺, 苧布·綿紬·紙地·銀子與香合, 其餘禮物, 譯官領納于戶部. 諸人求請, 不知其數. 不如意, 則生梗云. 路費些少,

---

199 承賢: 낭선군을 수행한 종 이름이다.
200 月經調: 약물이겠으나 내용을 알 수 없다.
201 九味淸: 九味淸心元이라고도 불리는 약이다.

亦悶亦悶.

十九日甲申, 雨. 一入玉河舘之後, 苦疾沉綿, 食飮專
廢, 形骸大削, 其悶可言.

二十日乙酉, 晴. 午後, 又患瘧疾. 承賢症勢, 稍有生
道, 良幸. 關夫鄭國卿[202]爲名者, 自前多畜書畫買賣云.

二十一日丙戌, 夜大雨, 晝晴. 李一善[203]來言, 今二十
五日朝參時, 使臣以下進參之意, 詮達[204]云云.

---

202 鄭國卿 : 李元禎의 연행록에도 이름이 보인다. (『歸巖李元禎燕行錄』, 현종
　　　원년 경자(1660) 3월 19일)

203 李一善 : 청나라로 잡혀 가서 조선어 통역관이 된 내시였다. 여러 기록에
　　　전하는데, 약천 남구만은 예조 참판 金始振의 묘지명에서 다음과 같이 기
　　　록하고 있다. "수원에 부임했을 때, 청나라로 잡혀갔다가 통역관이 된 이일
　　　선의 형제가 경내에 살면서 세력을 믿고 멋대로 행동하였으며 혹 은밀히
　　　국가의 일을 누설하기도 하였다. 공은 그를 불러 오게 하여 즉시 목을 잘
　　　라 사람들에게 보이니, 자리에 있던 자들이 말하기를 '마땅히 조정에 보고
　　　해야 할 것입니다.' 하였다. 공이 말하기를 '만약 다른 일이 있게 되면 내가
　　　스스로 감당할 것이요, 조정에 미치게 해서는 안 된다.' 하니, 보고 듣는
　　　자들이 놀라고 두려워하였다. 뒤에 이일선이 본국으로 왔으나 또한 감히
　　　따지지 못하였다." (『약천집』 제16권, 「예조 참판 김공 묘지명」)

204 詮達 : 傳達과 같은 뜻으로 번역된다. 詮은 설명하다는 의미.

二十二日丁亥, 晴. 今日痁疾應痛之日, 而終始幸免.

二十三日戊子, 晴. 氣力頗似甦完. 櫛髮盥洗, 始着網巾. 衙門, 以開市事, 出榜告示.

二十四日己丑, 晴. 朝, 大通官等入來, 使臣以下三十人, 俱着冠帶, 使之列立庭中, 以習朝參之儀.

二十五日庚寅, 晴. 氣力頗似復常, 食治猶未如前. 朝, 大通官等來言, 今日朝參, 皇帝不爲出臨, 故使臣不參云. 又曰, 今日下馬宴, 則不可不設云. 故使譯官以進香入來受宴未安爲通, 則彼以禮部意又來曰, 此言雖好, 喪事旣已完斂, 別無拘礙之事. 不得已, 使臣以下三十人, 俱着黑團領, 食後詣禮部, 則尙書祈車[205]曰, 出迎於庭, 率一行員役, 三跪九叩頭後, 仍詣大廳設茶. 又以銀貼, 盛以饌品, 積成如堆, 因勸駱茶, 俄而撤去. 又進牛羊肉各一盤, 以純金盃, 酌蒙古燒酒. 極勸數巡後, 又出庭中, 行三跪九叩頭之禮.

205　祈車：미상.

及出, 尙書以衙譯傳言曰, 上使炎程跋涉之餘, 又患瘧
疾, 見冠禮則今姑停行云. 撤床之際, 副使軍官鄭夢得[206]
奴子, 銀楪偸窃, 見捉於彼人. 故書狀歸舘後, 捉入其漢,
決棍十五度. 午後, 令關夫招入幻術人以賞. 臨罷給禮單.

二十六日辛卯, 曉頭大雨, 至晩乃晴. 午後, 暫入假睡,
而寒熱交侵, 而已卽止. 似有瘧疾復發之漸, 可慮可慮. 朴
有冕覔來仇十洲[207]所畫「淸明上河圖」[208]及『歷[209]代名人書
法』[210]十卷. 盖東書貼[211]之類也. 畫則極纖妙, 與權格[212]

206　鄭夢得(1637~?) : 역관으로, 1662년 역과에 급제하였다.

207　仇十洲 : 명나라 화가 仇英(1498~1552)이다.

208　「淸明上河圖」: 北宋 말 한림학사 張擇端이 처음으로 그린 汴京 풍속화인데
　　전하지 않고, 명나라 仇英의 그림이 유명하다. 구영의 작품은 조선에 전해져
　　서, 연암 박지원이 「청명상하도」에 쓴 발문 5편이 남아 있다(『연암집』 권7).

209　歷 : 저본에 '曆'으로 되어 있는 것을 바로잡았다.

210　『歷代名人書法』: 책 이름이겠지만 확인할 수 없다.

211　書貼 : 李好閔이 남긴 「주태사 서첩의 뒤에 쓰다(題朱太史書貼後)」 같은
　　글이 있는 바, 글씨를 모아서 첩으로 엮은 것이다. (『五峯集』 권8)『歷代名
　　人書法』이 조선의 서첩과 같은 성격의 저작이었다는 말이다.

212　權格(1620~1671) : 寒水齋 權尙夏(1641~1721)의 부친이다. 자는 正叔, 호
　　는 六有堂, 본관은 안동이다. 1650년(효종1) 진사가 되고, 이듬해 문과에
　　급제하였다. 허목『기언』 별집 제9권에 「權使君의 墨竹 병풍에 대한 기」가
　　있다. 송시열이 묘지명과 묘갈명을, 아들인 한수재가 행장을 썼다.

家所藏相似，而見其粧繢，則皆是明時內府之所莊[213]也.
今作守門麻貝之物，而價皆百金云. 此地之人，不識輕重,
類如此.

二十七日壬辰，晴. 提督·大通官·衙譯等十五人處，給
例給禮單. 承賢病勢已入差道，扶杖始行. 仁城三寸[214]宅
婢金愛爲名者，來到門外納名. 給烟草烟竹.

二十八日癸巳，晴. 午後，寒戰煩熱，食頃卽止. 去夜,
副使左牽馬魚川驛子崔雲善，因病致斃. 自衙門給棺，埋
葬於東嶽廟近處.

二十九日甲午，晴. 被虜婢子愛叔·業伊兄弟,[215] 來到門

---

213 莊 : '藏'의 의미로 쓰였다.

214 仁城三寸 : 仁城君 李珙이다. 선조의 일곱째 아들로, 광해군의 폐모 논의
    에 가담했다는 죄목으로 인조 즉위 후에 賜死되었다.

215 愛叔·業伊兄弟 : 인흥군과 그 아들 낭선군 집안의 종으로, 병자호란에 청
    으로 끌려갔다. '형제'라는 말로 미루어, 애숙과 업이 둘은 친자매간인 듯
    하다. 사흘 뒤 8월 2일에 이들은 포도와 사과 등을 가지고 또 찾아왔고,
    낭선군은 그들에게 역시 청에 잡혀간 종 得介가 두 달 전 금년 6월에 죽었
    다는 소식을 듣는다.

外. 給紙束.

三十日乙未, 晴. 午後, 寒熱交侵, 不至大段. 夕, 小雨.

八月初一日丙申, 晴. 風勢高緊, 秋氣凜然. 節候之頓殊, 何若是之甚耶. 午, 瘧疾復發, 痛勢極重, 移時乃歇.

初二日丁酉, 晴. 承賢病勢, 已至復常, 人之死生, 實所難料. 衙譯, 以初五日朝參時, 一行進往之意來言. 李一善子十五歲兒來見, 容貌端正, 又解文字, 給筆墨·技三. 愛叔兄弟, 覓納葡萄·沙果·林檎[216], 給黍皮·紙束, 被擄婢得介去處問之, 則今六月身死云.

初三日戊戌, 晴. 午後, 瘧疾復發, 熱勢極重. 月經調·

이틀 전인 7월 27일에는 낭선군의 백부인 仁城君 집안의 종 金愛가 찾아왔고 낭선군은 담배와 담뱃대를 주었다는 기사가 보인다. 인성군과 인흥군 등 조선 왕족 집안의 노비들이 청으로 끌려간 예가 많았다는 것, 이후에 낭선군이 사신으로 가자 옛 주인을 자발적으로 찾아왔다는 점을 확인할수 있다. 낭선군은 27년만에 만났다거나 하는 감회를 표명하지 않았다. 하지만 몇 개 글자에 무한한 사연이 들어 있겠다.

216 林檎: 능금

牛黃膏[217], 服一椀, 始得回甦. 人傳, 漢中[218]近處, 有十餘將, 各領兵數萬, 入山雄據, 侵掠人民, 行路不得通. 故八月望間, 將爲發兵征伐云. 其大將名王二·王三[219]云. 又云, 十三日咸聚外方士子, 開場設科云. 刷馬私馬, 中路致傷死者六七. 將來之慮, 有不可勝言.

初四日己亥, 晴. 初六日回還之意, 衙譯輩來言. 賫咨官朴就文[220]·譯官安日新[221]入來, 傳家書. 渡江數月, 鄕山消息, 邈然無聞, 西望歸雲, 只自斷腸而已, 千萬意外, 得見京書, 始審家國安寧, 驚喜萬萬. 右相[222]行次出柵時,

---

217 牛黃膏 : 열을 다스리는 약제.

218 漢中 : 郡名으로 지금의 섬서성 동남부와 호북성 서북쪽 지역이다. 한나라 高祖가 項羽로부터 책봉되어 漢王이라고 일컫던 곳임.

219 王二·王三 : 王二(?~1629)는 明나라 熹宗 天啓 말에 섬서성에서 봉기한 농민 혁명의 지도자이다. 1627년 거병하여 5, 6천명을 이끌다가 1629년 살해당했다. 王三은 미상이다.

220 朴就文(1617~1690) : 자는 汝章, 본관은 울산이다. 1644년 무과에 급제한 후 선전관과 경상좌병영과 경상좌수영의 우후를 지냈으며, 인동과 갑산 등 여섯 고을의 수령, 진주와 경주 등 다섯 고을의 영장을 역임한 후 울산으로 낙향하였다. 아버지 朴繼叔과 함께 『赴北日記』를 남겼다.

221 安日新(1631-?) : 역관으로, 1650년 역과에 급제하였다.

222 右相 : 鄭維城이다. 54면의 각주 106번을 참고.
　　사은사 정유성은 "일행 중에서 禁法을 범한 자가 있어서 副使 李曼이

刷馬丘人二人, 被捉琉黃, 故有此咨文之擧云[223].

初五日庚子, 晴. 四更, 大通官張繼鐵[224], 來到門外.
使之起寢盥洗, 着黑團領起坐, 則元氣已敗, 眩症猝發.
移時鎭定, 與一行員役, 俱詣東長安門外, 門已開矣. 詣
闕人員, 以燭籠前道者, 絡繹不絶. 由東夾以入, 外庭有
天擎白玉柱[225], 以玉石雕琢雲龍, 而高大無比. 歷過禁川

대간으로부터 탄핵을 받았다는 이유로 상소하여 견책받기를 청하였다."라
고 한다(『실록』 현종 4년 계묘(1663) 7월 12일). 이 기록으로 보아 정유성
은 7월 중순에 압록강을 건넌 것으로 보인다. 그는 7월 27일에 서울에 도
착하였다. 낭선군은 정유성 일행이 압록강을 건넌 무렵에서 20일이 채 안
된 기간에, 북경에서 그 소식을 듣고 있다.

223 右相……擧云: 賫咨官 朴就文이 따로 북경에 파견된 이유가 유황을 중국
으로 밀반입한 일 때문인 듯하지만, 이와 관련된 기록은 보이지 않는다.
224 張繼哲: 조선 태생으로 청나라 역관이 된 사람인 듯하다. 『승정원일기』에
여러 차례 이름이 보이지만 개인에 대한 정보는 없다.
　　인평대군의 『연도기행』에 "大通官 장계철과 衙譯 金大軒이 北道에 開市
한다고 가는 길에 일부러 와서 뵈었다(1656년(효종 7) 9월 8일)."는 기록이
있고, 이원정의 연행기에 "호행 아역 장계철과 申金 및 장계철의 아들을
불러서 만났다(『귀암집』 권11, 1660년(현종 원년) 4월 9일)."는 기록이 있
고, 정태화의 연행기인 『飮氷錄』에 "대통관 장계철의 스물다섯이 된 아들
이 찾아와서 인사를 했는데, 사람이 제법 준수했다(『陽坡遺稿』 권14, 1662
년(현종 3) 10월 2일)."는 기록이 있다.
225 天擎白玉柱: 禁川橋의 다리 앞 좌우에 세워져 있는 높이가 7, 8丈이나 되

橋[226], 呼吸喘捉, 氣息奄奄, 不得前進. 故鋪氈於路傍小憇. 又入一門, 卽午門[227]外庭也, 一名五鳳門也. 六象列立左右, 千官分東西, 亦隨資級而坐矣. 至西班之末, 則氣息已盡, 精神昏慣, 迨不省人事. 倚於下輩, 暫入假睡而覺, 則諸症稍甦, 天色亦已明矣. 提督以下前行, 一行亦隨以行. 入端門[228], 又入午門西夾. 其門深邃幾十間. 過玉河橋[229], 入太和門[230], 乃皇極殿[231]內庭也. 東西班, 相向而坐. 食頃, 皇帝[232]出坐殿榻. 警蹕三次, 太和門上樂作, 新除官員, 入就庭中, 行三跪九叩頭後罷出. 我國

는 石柱로, 용의 형상을 새겨 그 위까지 틀어 올렸다. 擎天白玉柱, 혹은 擎天石柱라고도 한다.

226 禁川橋: 禁水橋라고도 한다. 천안문 앞쪽 禁水河에 위치한 다섯 개의 아치형 돌다리의 총칭으로, 明나라 때인 1417년 건설되고, 꾸준히 개수되었다.

227 午門: 紫禁城 太和殿 앞의 다섯 重門 중 두 번째로 있는 문이다.

228 端門: 자금성 태화전 앞의 다섯 중문 중 세 번째로 있는 문이다.

229 玉河橋: 正陽門과 崇文門 사이에 있는 돌다리로, 다리의 서북쪽에 조선 사신들이 머무르던 玉河館이 있었다.

230 太和門: 자금성 태화전 앞의 다섯 중문 중 첫 번째로 있는 문이다.

231 皇極殿: 현 자금성 태화전을 가리킨다. 1417년 처음 건설할 당시에는 봉천전이라고 불렀는데, 1557년 화재로 소실되어 1562년에 중건하고 황극전으로 개칭하였다.

232 皇帝: 강희제.

使臣, 入庭行禮, 亦如其數. 提督引三臣, 從西階以上, 至
皇極殿簷廡之下, 賜坐饋茶.

　朴有㤼, 持氈子, 亦隨而上. 皇帝所坐之處, 相去僅五
六間, 而內着黃色衣, 外着黑衣, 年堇十二三矣[233]. 諸王
及王子·大臣, 皆坐殿內, 亦賜茶, 茶畢下殿. 升降之際,
氣困喘促, 不得疾行. 張孝禮·李一善等, 擁扶以行曰, 雖
諸王, 此處則不得如是擁扶云云, 相與大笑. 其殿閣之宏
麗, 堦砌之高壯, 千官之齊齊, 錦繡之燦爛, 無非壯觀, 而
第恨不見其衣冠也. 出午門領賞, 還到玉河舘. 日未午矣.
禮部侍郞布顔[234], 來到舘所, 設上馬宴.

　夕, 副使, 使朴而巘密言于提督曰, 今番琉黃之執捉[235],
必有勅使. 提督終始周旋, 則還朝之後, 白金四千兩, 自
朝廷備送于後行, 以爲酬勞之資云云. 上使曰, 渠等果爲
周旋, 終至無事, 則固好矣. 至於約銀一款, 則實非吾等
所可擅爲. 且四千之金, 尤極重難. 以此以彼, 不可酌定.
副使曰, 時不可失, 千金何惜乎. 書狀亦曰, 上使之言, 亦

233　年堇十二三矣: 강희제는 1654년생이므로, 낭선군이 만난 1663년에는 한
　　국식 나이로 10세였다.
234　布顔: 미상.
235　捉: 저본에 '促'으로 되어 있지만 잘못이다.

是有理. 副使不可擔當云爾, 則副使曰, 雖被重譴, 吾自
當之. 朴而戲, 終日往復. 夕, 瘧疾復作, 移時乃歇. 賞賜
之物, 使上通事, 計數分給一行.

初六日辛丑, 晴. 早朝, 發行. 卜駄先送. 使臣, 俱着黑
道袍, 鱗次作行. 到門外, 提督以下, 列立左右, 下馬致辭
而過, 賫咨官及安日新落後.
　出朝陽門, 到東嶽廟, 乘轎到通州. 日蓳申時, 宿于察
院中門間. 北京大通官張繼鐵·衙譯尹堅·護行麻貝二人·甲
軍十六名陪行. 是日, 行五十里.

初七日壬寅, 晴. 平明, 發行. 渡通州江, 到夏店廟
堂[236]朝飯. 至三河[237]察院宿所. 是日, 朝行五十里, 夕行
三十里. 午後, 瘧疾復發, 多飲生冷, 良久乃甦.

初八日癸卯, 晴. 平明, 發行. 到邦均店[238]廟堂朝飯.

---

236 夏店廟堂 : 夏店은 三河縣에 있는 하씨네 객점이다. 연행사들이 흔히 들렀
　　던 곳으로 보인다.
237 三河 : 중국 요녕성의 狼子山 30리 지점에 있는 강으로, 東北으로 흘러 太
　　子河로 흘러 들어감.

萬曆皇帝廟堂, 在路傍, 忙未入賞, 可恨可恨. 夕, 到薊州. 登覽獨樂寺[239]. 二層樓閣, 安十六丈佛, 傍有臥佛. 登斯樓, 則只俯臨城中. 觀音之閣四字, 卽李白所書云. 觀後到察院, 宿于中門間. 使李彭年[240]·朴後亮, 印子昂[241]「醉翁亭記」. 是日, 朝行四十里, 夕行三十里.

初九日甲辰, 晴. 平明, 發行. 渡漁陽橋下流, 過螺山店. 數里許, 抵富者宋景輝[242]家. 內外城堞, 有若鎭堡. 與書狀, 入門求見主人, 則主人出來, 迎入中堂. 居處一如帝王所居. 堂後花卉, 及多有奇玩, 而不肯示人. 主人獻茶, 給禮單.

行數里, 至蜂山店, 瘧疾大作, 不得療飢, 呻痛于轎中. 申末, 到玉田察院宿. 是日, 朝行四十五里, 夕行四十里.

---

238 邦均店 : 『路程記』에 따르면 바늘 가게였다.

239 獨樂寺 : 薊州의 서쪽에 있으며, 元 나라 때 세운 절이다.

240 李彭年 : 사자관이었던 듯하다. 『인조실록』에 다음과 같은 기록이 있다.
　　승문원 관원이 도제조의 뜻으로 아뢰기를, "寫字官 肄習 李彭年·李顯章은 이미 成材가 되었으니 전례대로 군직에 붙여 관디 차림으로 항상 사진하도록 하는 것이 어떻겠습니까?" (인조 16년 무인(1638) 11월 23일)

241 子昂 : 趙孟頫.

242 宋景輝 : 미상.

初十日乙巳, 晴. 平明, 發行. 沙流河朝飯. 午, 到豐潤, 宿察院. 王怡來納斑硯, 買得古篆神禹碑[243]二貼及懷素[244]千文集古貼[245]. 是日, 朝行四十里. 夕行三十里.

十一日丙午, 晴. 平明, 發行. 榛子店朝飯. 全昌君[246]

---

243 古篆神禹碑 : 미수 허목이 1667년(현종 8)에 쓴『대동금석첩』의 서문에 '公子 낭선군이 일찍이 중국에 사신으로 갔는데,「衡山神禹碑文」77자를 얻어왔다.'고 하였다. 낭선군의 후손인 薑山 李書九의 기록에「默刻十跋」이 있는데, 그 10편 가운데「夏禹王衡山治水碑」가 들어 있다. 미수가 말한 것과 동일한, 77자로 된 비문이다. 낭선군의 위 기록에는 "二貼"이라고 하였으므로, 미수나 강산이 열람하고 소장한 '77자'와는 다른 부분이 있었을 가능성이 있다.

　　미수가 낭선군에게 보낸 편지에 "지난번에 보여 준 神禹碑는 성인의 공적으로 지금 3700년이나 된 것인데, 이것을 어찌 볼 수 있단 말이오. 얼마 전 趙龍洲와 함께 감상하고 각각 글을 지은 것이 있기에 감히 보내드리는 바요."라고 말하고 있다(『記言別集』권7,「答朗善君俣」, 조순희 역, 2007).

244 懷素 : 특히 초서에 능했다고 하는 당나라 승려이자 서예가.

245 千文集古貼 : 懷素(737~799)가 799년에 쓴『小草千字文』을 복제한 문건이거나 그와 관련이 있는 書帖이었던 듯하다. '小字 貞元本'이라고 불리고, 진귀한 보물이라는 점에서『千金帖』이라고도 한다. 이 서첩은 명나라 서화가 文徵明이 소장하였고, 지금 대만의 故宮博物院에 소장되어 있다.

246 全昌君 : 宣祖의 사위인 柳廷亮(1591~1663)이다. 선조와 인빈 사이의 4남 5녀 가운데 막내인 貞徽翁主와 결혼하였다. 장녀 貞愼翁主는 達城尉 徐景霌에게, 다음 貞惠翁主는 海嵩尉 尹新之에게, 다음 貞淑翁主는 동東陽尉 申翊聖에게, 다음 貞安翁主는 錦陽尉 朴瀰에게 출가하였다.

宅奴及內奴²⁴⁷申孝業爲名者來謁. 午後瘧疾復發, 移時乃歇. 午, 到沙河驛察院宿. 是日, 朝午俱行五十里.

十二日丁未, 晴. 野鷄屯朝飯, 由左路以行二十餘里, 到夷齊廟. 廟在灤河上流, 廟中安夷齊塑像, 庭中多有喬木, 後有宛在亭. 登臨開眼, 則兩山對立, 一江中注, 此乃灤河上流也. 江山之秀麗, 景致之淸絶, 罕有其比. 中有島嶼, 島有孤竹君廟, 無舡不得往見. 絶壁²⁴⁸下, 有九十九窟云. 徘徊瞻仰, 松栢蒼蒼, 流水漾漾, 千古節義, 至今凜然. 夕, 到永平府察院宿. 是日, 朝行十五里, 夕行四十五里.

十三日戊申, 朝晴, 夕雨. 平明, 發行. 副使先行, 到背陰鋪朝飯. 午, 到楡關, 夕宿于閭閻. 是日, 朝行三十八里, 夕行四十五里.

副使先來狀啓²⁴⁹, 自己搆草, 使李彭年傳示. 取觀其措語, 則非但偏褒朴譯, 顯有希功之意. 余答曰, 約銀一款,

---

247 內奴 : 內需司에 딸린 노비다.

248 壁 : 저본에는 '璧'으로 잘못 쓰였다.

249 先來狀啓 : 귀국하는 길에 사행보다 앞서 조정으로 보내는 장계.

非上使所知, 副使自初擔當周旋, 自其處別單以啓, 似涉
便好云爾. 則彭年又來曰, 副使以爲此事萬無追悔之理,
而上使如是固執, 殊甚疑訝. 余曰, 先來狀啓, 則上副使
聯名馳啓, 似爲合當. 彌縫一事, 則副使從便, 別爲啓聞
云爾, 則副使大有不平底氣色云.

十四日己酉, 晴. 平明, 發行. 到范家店朝飯. 緣海邊
路, 登望海亭. 前臨大洋, 一望無際, 島嶼出沒, 白浪如
山, 眞壯觀也. 城端斗入海中, 而亭在其頭. 淸人無意防
備, 故城堞與亭榭, 太半頹圮. 冒雨入南門, 到山海關察
院, 日堇申時矣. 是日, 朝夕俱行五十里. 書狀, 重觸風
寒, 達夜苦痛. 李彭年累次往復, 而終未歸一.

十五[250]日庚戌, 朝雨, 晩晴. 日氣甚寒, 人人皆着襦衣.
朝, 與副使詣衙門, 參宴享, 衙門, 古太學也. 廳中懸板,
曰明倫堂, 下有某年月日朱某書云, 東國成均舘所懸明倫
堂三字, 初出於此本云.
　未時, 先來譯官金景賢[251]·灣上軍官田士立[252]等, 授狀

啓及私書出去. 啓草往復之際, 副使轉有未穩之色, 發行
之時, 或先或後, 絶不往來相面. 一行員役及上副褊裨輩,
轉展矯激, 觸事難處. 上使拘於顔面, 不能終始堅執, 不
得不聯名馳啓.

欲賞角山[253]之意, 使淸譯輩懇通, 則城將初頗牢塞, 而
後許之. 故卽爲乘馬, 只率朴後亮·朴枝馣[254]. 申時, 出北
門由小路, 石路甚崎嶇, 始到寺門, 則老僧出迎, 雖不通
語音, 頗有款待之色. 遂至中堂, 傍有石井, 其味甚淸. 緣
岩崖以上, 登後崗, 眼界通望, 南有大海, 東臨廣野, 長城
屈曲, 橫亘山腰, 閭閻撲地, 盡入眼底, 落霞與孤鶩齊飛,
秋水共長天一色[255]者, 信乎哉. 已而日入咸池, 月出東邊.
時當仲秋, 螢焰初飛. 寺僧進茶·葡萄·沙果, 優給禮單, 卽
爲回程. 西洞有泉石之勝, 而日暮未得往見, 帶月還入城

---

251 金景賢:『實錄』에 "書題 金景賢이라는 자"가 고변한 기사가 보이는데, 같
    은 인물일 가능성이 있을 듯하다(인조 7년 기사(1629) 2월 6일). 서제란
    글씨 같은 것을 써주며 일을 맡아보아주는 사람으로 남의 집 청지기와 비
    슷한 것이다.
252 田士立: 역관이다. 인평대군의『燕途紀行』에 이름이 보인다.
253 角山: 山海關의 북쪽에 위치한 산이다.
254 朴枝馣: 역관이다. 通訓大夫에 오르고 행사원판관을 역임하였다.
255 落霞與孤鶩齊飛, 秋水共長天一色:「滕王閣序」(王勃)의 한 구절이다.

中, 夜將二皷矣. 是日, 約行三十里. 自此瘧疾永永離却.

十六日辛亥, 晴. 昨夜, 使三朴譯,[256] 送言于城將曰, 望海角山, 卽因城將宣力, 得看勝槩, 喜幸實多, 而九門[257]距此不遠云, 欲爲歷觀, 幸須快諾云爾, 則城將等輩, 皆不諾曰, 九門在長城之外, 去此三十里地, 其傍有火器所藏之處, 外國之人, 非但不敢蹤迹於其間, 衙門纔出新令, 嚴禁雜人, 決不可往. 今番鄭相之行,[258] 則雖望海之近, 亦不得生意, 況九門之重地乎. 牢而拒之.

使譯官又送言曰, 此言誠然. 然上使以年少之人, 入此

---

256 三朴譯: 낭선군 사행에 동행한 朴有熹, 朴枝馦, 朴後亮의 세 역관이다.

257 九門: 高嶺驛과 山海關 사이의 九江口에 있는 성으로, 만리장성의 끝부분에 해당한다. 낭선군은 구문 관람에 어려움을 겪었는데, 그보다 3년 뒤인 1666년에 부사로 연행한 壺谷 南龍翼(1628~1692)은 환대를 받고 구문을 관람하였다. 호곡은 오언장편을 남기고 있다(『壺谷集』 권12, '燕行錄': 「二十八日, 將入長城, 曉訪九門口. 洞門幽邃, 極有景致. 城將張維新漢人, 接待甚厚, 被勸醉歸, 記實」).

258 今番鄭相之行: '이번 鄭相의 연행에.' 여기서 '정상'은 사은사 우의정 鄭維城(1596~1664)인데, 1663년(현종 4) 3월 20일에 서울을 출발하여 같은 해 7월 27일에 복명하였다. 낭선군은 두 달 가량 늦은 1663년 5월 12일에 서울을 출발했다. 두 사행은 1663년 6월 16일, 沙嶺驛에서 만났다. 정유성 일행은 북경에서 조선으로 돌아오는 길이고, 낭선군 일행은 북경으로 가는 길이었다.

大國, 實是罕有之事. 入來之時, 因霖雨不霽, 雖尋常往
來之地, 絶不得遊賞. 歸路亦如此, 則不但追恨莫及. 曾
在東國, 慣聞九門之壯, 而無路致身矣. 旣到此地, 決不
忍放過. 且優送贐物, 再三懇請, 則夜深之後, 始乃許之.
盖九門道里僻遠, 又是重地, 東國之人, 未嘗一窺, 渠等
之堅執, 良以此也.

平明, 朝飯. 一行出山海關, 直向前路. 只率朴有㤞·朴
枝穲及軍官輩, 由城外北邊路, 行十餘里, 路左有火藥所
藏之處, 此乃前日吳掌令斗寅入來時[259], 誤入其地, 被捉
辛苦之處云. 又十餘里, 到九門. 九門, 在兩山之間, 廣可
一馬場許, 石門九間, 橫截其洞, 前後左右, 皆鋪磚石, 以
水鐵鑄銀丁塡之者, 內外長可一里餘. 門之高, 則與我國
崇禮門相似, 而門局以鐵片裹之, 上置轆轤, 若逢大水,

---

259 吳掌令斗寅入來時 : '장령 오두인이 사신으로 청나라에 왔을 때'는 아마도
   1662년 1월이었을 것이다. 陽谷 吳斗寅(1624~1689)은 1661년(현종 2)에는
   서장관으로, 1679년(숙종 5)에는 부사로 연행을 하였다. 오두인이 화약 저
   장 장소에 들어갔다가 곤욕을 치렀다는 낭선군의 기술은 첫 번째 연행 때
   의 일이었다. 『실록』에 따르면 오두인의 첫 번째 연행에서 정사는 錦林君
   李愷胤, 부사는 柳慶昌(1593~1662)이었고, 1662년 3월 1일에 귀국하였다.
   두 번째 연행에서 정사는 낭선군의 아우인 朗原君 李侃(1640~1699), 서장
   관은 李華鎭(1626~1696)이었고, 1679년 11월 29일에 귀국하였다.

則引以懸之, 盖城內之水, 盡注于此矣. 城隍之壯, 工手
之巧, 不能盡記, 而今已太半頹圮, 可惜. 城將方國柱[260],
乃薊州人, 馳到來見, 迎至衙門, 因設宴禮, 雖下輩亦饋
茶酒, 臨還優給禮單.

行三十里, 到中前所[261]中火. 副使·書狀, 則已向前屯
衛[262]云. 日沒時, 到前屯衛, 宿于城內漢人家. 是日, 朝
行二十五里, 午行二十五里, 夕行三十五里.

十七日壬子, 晴. 平明, 發行. 到沙河站朝飯. 刷馬丘人
郭景信爲名者, 因病致斃. 午, 到中後所, 宿于廟堂. 僧人
進饌品獻茶. 是日, 朝行三十里, 夕行二十里.

十八日癸丑, 晴, 平明, 發行. 到中右所朝飯. 午, 到寧
遠衛, 宿于察院. 是日, 朝行五十里, 夕行三十里.

十九日甲寅, 晴. 罷漏時, 發行. 過連山驛, 到塔山中
火. 夕, 宿于察院. 是日, 朝行六十里, 夕行四十里.

---

260 方國柱: 기록에 보이지 않는다.
261 中前所: 현재 요녕성 수중현 서쪽에 위치한 성(城)이다.
262 前屯衛: 산해관 동쪽에 있는 지명이다.

二十日乙卯, 夜, 大雨如注, 終日大風, 天氣甚寒, 一如
初冬. 平明, 發行. 朝飯于小凌河村舍. 夕, 到大凌河, 宿
于典房. 是日, 朝行四十里, 夕行三十里.

二十一日丙辰, 大風, 朝陰晚晴, 夕雨. 寒氣猝緊, 下輩
不堪其苦, 所見慘然. 平明, 發行. 渡大凌河, 到十三山察
院朝飯. 午, 到閭陽村舍宿. 是日, 朝夕俱行四十里. 人
云, 盤山之路泥濘, 行路不通, 當由瀋陽, 可以出往云云.

二十二日丁巳, 朝風. 山海關衙譯金連立輩辭去. 平明,
發行. 午, 到廣寧察院. 盤山近處, 則水深難通. 故迤往瀋
陽之計相議, 行中貿粮治行. 是日, 行五十里.

二十三日戊午, 晴. 平明, 發行. 出東門, 行十五[263], 路
左有賜馬堡. 又行十五里, 過沙河, 由蒙古界, 行十餘里,
到第一臺, 朝飯. 蒙古界木柵在傍. 又行十五餘里, 到羅
家臺. 館于漢人宋開悌家宿. 副使·書狀, 亦入于中堂. 此
地有三路, 盤山㝎下, 黑山中路, 邊城㝎上路也. 道里比

---

263 行十五 : '五' 다음에 '里'가 있는 것이 자연스럽지만, 첨가하지 않았다.

他路寔遠云.

軍奴劉海, 發大病之後, 轉作失性之人, 狂奔疾走, 無所不至, 一行莫不致慮. 去夜, 忽然逃走, 不知去處. 此意令譯官通於城將, 期於必得追逐之意.

是日, 朝行四十五里, 夕行十五里.

二十四日己未, 晴. 平明, 發行. 朝飯于胡家臺. 酉初, 到雙臺子. 閭家極麤, 水味亦惡, 不得接宿. 前進一里許, 露宿于野中. 是日, 朝行四十里, 夕行五十里.

二十五日庚申, 晴. 曉頭, 發行. 到黃家臺, 朝飯. 日晡時, 渡踞[264]流河一馬場許, 露宿. 是日, 朝行三十餘里, 夕行四十里. 道路比他道頗乾, 而泥濘沒膝之處, 間間有之. 且路上畜水, 深過半仞, 而長可五里處有之, 行路極難.

二十六日辛酉, 晴. 昧爽, 發行. 三里許, 有一大河, 以扁舟續續過涉. 朝飯, 行十里, 至邊岸上, 與副使·書狀, 宿于鋪子. 是日, 朝行十里, 夕行三十里. 道塗甚濘. 常時

---

264 踞: 보통 '亘'로 표기되지만, 저본의 표기를 그대로 두었다.

一日之程, 或二日而到. 行役因此遲延, 悶不可言.

二十七日壬戌, 晴. 罷漏後, 發行. 十里許, 過大澤, 水深過胸. 又行二十里, 過永安橋, 匠石之功, 極浩多. 橋下一馬場許, 有蓮池. 周回甚廣. 又行十里, 朝飯于閭閻. 行十餘里, 路左有淸帝汗[265]墳墓. 牌樓之屬, 屹然宏麗, 而俱覆黃屋. 其傍又有汗[266]願堂. 五里許, 入瀋陽, 舘于察院. 城池堅固, 閭閻亦不下永平府矣. 寧廟及昭顯·麟坪所舘之舘[267], 在闕西邊. 是日, 朝行三十五里, 夕行十五里.

二十八日癸亥, 晴. 日出後, 發行. 十里許, 以舟渡弘[268]河, 一名也里江[269]. 又十里, 過白塔堡. 又十里, 到

---

265 汗: 저본에는 '漢'으로 되어 있으나 잘못이다.

266 汗: 저본에는 '漢'으로 되어 있으나 일반적인 표기로 수정하였다.

267 寧廟及昭顯·麟坪所舘之舘: 병자호란 때 소현세자 등이 인질로 억류되었던 곳을 들른 것이다. 寧廟는 孝宗이다. 『심양일기』 같은 구체적인 기록들이 많이 남아 있다.

268 弘: 일반적으로 '渾'으로 표기한다. 『청장관전서』에는 '混'으로 표기하고 있다.

269 也里江: 한국고전종합DB에서 '也'로 표기된 사례는 없고, 모두 '耶'로 표기되어 있다.

畫石橋村舍, 朝飯. 此處, 我國被虜人及山東居生之人, 多在此處. 行十里, 過沙河. 夕, 到十里堡, 舘于漢人家. 是日, 朝夕俱行三十里. 承賢大病之後, 忽得狂奔之症, 苦悶苦悶.

二十九日甲子, 晴. 風寒深緊, 人不堪其苦. 曉頭, 發行. 十五里, 有烟臺村. 又二十五里, 至接觀亭, 朝飯. 十八里, 以橋過太子河. 行數里許, 到遼東察院. 日堇午矣. 山海關麻貝辭去, 牛家庄護行甲軍來待. 夕, 大風. 是日, 朝行四十里, 夕行二十里.

九月初一日乙丑, 朝乍雨晚晴. 平明, 發行. 冷井朝飯, 寒氣甚緊, 木葉半赤. 夕, 抵狼子山. 是日, 朝行三十里, 夕行四十里.

初二日丙寅, 陰. 平明, 發行. 由虎狼洞, 朝飯于甜水站川邊, 宿連山舘. 是日, 朝夕俱行七十里.

初三日丁卯, 雨. 未明, 發行. 未及通遠堡二十里, 朝飯. 夕, 抵獐項村舍, 卜馱太半露宿. 副使·書狀, 亦會宿.

是日, 朝行五十里, 夕行四十里.

初四日戊辰, 朝陰晚晴. 未明, 發行. 松站, 朝飯. 夕, 抵鳳凰城. 清譯及灣上軍官, 先送于柵門, 京書持來. 始審玉候萬安, 慈堂無恙[270]. 客裏所望, 豈逾於是, 只自喜幸. 書狀, 聞婿郎丁道謙[271]之訃, 終夕悲痛, 慘不忍見. 城將送鹿肉及生雉, 文金[272]納蟹鹽及眞雀, 送禮物以答. 是日, 朝夕俱行四十里. 清譯, 授灣尹所送粮饌及書簡而來.

初五日己巳, 晴. 平明, 發行. 到柵門內川邊, 朝飯. 城將以下, 來到門內, 卜馱盡數搜檢, 計數而出. 灣尹送裨致辭. 迎候[273]人, 來待數三日云. 大同魚川色吏[274], 與輻

---

270 始審玉候萬安, 慈堂無恙 : 국왕의 體候가 평안하고 낭선군의 모친이 별고 없는 줄을 알았다는 말.

271 丁道謙(1643~1663) : 자는 鳴叔, 본관은 나주. 1662년 급제하였고, 승문원 박사를 역임했다.

272 文金 : 衙譯이었다. 『실록』숙종 3년 정사(1677) 3월 18일(갑오)에 기록이 있다.

273 候 : 저본에 '侯'로 되어 있지만 잘못이다.

274 大同魚川色吏 : 大同道 魚川驛의 아전. 대동도란 황해도 中和의 生陽館에서 義州의 義順館에 이르는 역로를 말하는데 중국 사신의 내왕이 빈번한 길이다. 大同路라고도 한다. 어천역은 평안도 영변도호부에 소속된 역이

子馬各二疋及書狀所騎來待. 午, 到湯站宿. 砲手捉納生鹿二首, 分給于行中. 是日, 朝行十里, 夕行二十五里.

初六日庚午, 朝霧, 晚晴. 未明, 發行. 到馬轉川邊, 朝飯. 午時, 過九連城. 未時, 到鴨綠江. 與副使乘舡, 泝流以上, 觀九龍淵[275], 絶壁上, 有朴燁所記. 府尹金宇亨, 乘舡追到, 略設小酌, 連勸數巡而罷. 日沒時, 到聚勝亭宿所. 是日, 朝行三十里, 夕行五十餘里.

初七日辛未, 朝陰, 午雨如注. 朝飯後, 發行. 所串中火, 宿于良策聽流堂. 副使來見曰, 得見京書, 廟堂以今行彌縫之事, 將有請拿使臣之擧云. 是日, 朝行三十五里, 夕行四十里.

初八日壬申, 晴. 罷漏後, 發行. 車輦朝飯, 中火于林畔, 雲興秣馬. 初昏, 到定州. 主倅及書狀來見. 宿于駐節堂[276]. 是日, 曉行三十里, 朝行四十五里, 午行四十里,

다. 색리는 담당 아전이란 뜻이다. 대동도에 속한 여러 역참 가운데 어천역의 색리라는 의미.

275 九龍淵: 의주에서 북쪽으로 6리 떨어진 곳에 위치한 연못이다.

夕行三十里.

初九日癸酉, 晴. 平明, 發行. 二十餘里, 逢着金吾郎先
文[277]. 自此勿爲迎候[278]出待事分付. 到納淸亭, 朝飯後發
行. 中火于嘉山鄕社堂. 到淸川江邊, 判官乘舡載酒來迎.
酒數巡下睦, 下處于城外私家. 兵使趙必達[279]來見. 是日,
朝行四十五里, 午行二十五里, 夕行五十里.

初十日甲戌, 晴. 平明, 發行. 到肅川中火. 京奴守男,
來傳家書, 始聞筵說. 今月初三日引見時, 領相鄭太和所
啓, 査使[280]之來不來, 固非一善[281]輩所可周旋, 而使臣信
聽譯輩之言, 酌定四千之金, 非但其數太多, 將來之弊,
有不可勝言. 左相元[282]曰, 賫咨官入去之時, 朝廷別無指

276 駐節堂 : 定州에 위치한 당이다. 『연행기사』에 이곳에서 쉬었다는 기록이
    있다.

277 先文 : 관리 출장의 도착일을 미리 알리는 공문.

278 候 : 저본에는 '侯'로 되어 있으나 잘못이다.

279 趙必達(1600~1664) : 자는 行之, 본관은 김제. 1624년 급제하여 의금부도
    사, 전라남도병마절도사, 정주목사, 제주목사 등을 역임하였다.

280 査使 : 조사를 담당하는 사신.

281 一善 : 청나라의 조선어 통역인 李一善.

揮之事, 而使臣如是擅恣, 殊甚無據. 閔鼎重[283]曰, 若非
事在頃刻者, 則人臣固不可擅爲, 今此之擧, 豈容如是.
使臣不可不嚴治也. 許積[284]曰, 論罪結末, 似當定奪於今
日矣. 上曰, 使臣及書狀, 並拿問可也. 洪命夏[285]曰, 有
煩聽聞, 入京後拿問似好矣. 領相與許積曰, 此非諱秘之
事, 使臣所爲, 殊甚無據, 越江之後, 卽爲拿問定罪, 未爲
不可, 而當該譯官, 亦不可不重治. 上曰, 依啓云云. 至順
安, 主倅徐正履[286], 私自來見. 宿于私下處. 是日, 朝夕
俱行六十里.

282 左相元 : 좌의정 元斗杓(1593~1664)임.

283 閔鼎重(1628~1692) : 자는 大受, 호는 老峯, 본관은 여흥이다. 1649년 급
제하여 예조좌랑, 이조판서, 중추부지사 등을 역임하였다. 기사환국으로
남인이 집권하자 관직을 삭탈당하고 碧潼에 유배되어 그곳에서 죽었다.

284 許積(1610~1680) : 자는 汝車, 호는 默齋·休翁, 본관은 양천이다. 1633년
급제하여 의주부윤, 경상도관찰사, 진주부사, 영의정을 역임하였다. 서자
許堅의 모역사건에 휘말려 賜死되었다.

285 洪命夏(1607~1667) : 자는 大而, 호는 沂川, 본관은 남양이다. 1644년 급
제하여 규장각대교, 이조좌랑, 한성부우윤, 영의정을 역임하였다. 성리학
에 조예가 깊었다.

286 徐正履(1617~1678) : 자는 汝守, 본관은 대구이다. 1646년 생원시에 합격한
뒤 사헌부감찰, 형조좌랑, 한산군수, 삼척부사 등을 역임하였다.

十一日乙亥, 晴. 平明, 發行. 至平壤, 判官兼任大同察
訪閔重魯[287]及都事趙元期[288]來見, 巡使來見. 家奴得述自
京來, 納京書. 中火後發行, 渡大同江. 巡使及都事·察訪
來到, 設餞于舡上, 副使·書狀亦會. 乘馬到中和. 金[289]吾
郞已到, 受傳旨, 下處于別堂. 權三登[290]來見.

夕, 主倅李必馩[291]來謁. 禁府都事任暎[292]來見. 與三登
同宿. 是日, 朝行[293]十五里, 夕行五十里.

十二日丙子, 朝晴, 暮雨. 日出時, 發行. 至黃州, 兵使
及都事禹昌績[294]來見, 守令以下亦謁. 猲獜[295]來見. 中火

---

287 閔重魯(1624~1677) : 자는 東望, 본관은 여흥이다. 1657년 장원급제한 후
　　병조좌랑, 사복시정 등을 역임하였다.

288 趙元期 : 미상.

289 金 : 저본에 '禁'으로 되어 있지만 잘못이다.

290 權三登 : 이때 삼등현감으로 있었던 권 아무라는 사람.

291 李必馩 : 생애가 자세하지 않다. 가도사와 제용감봉사를 역임하였다.

292 任暎(1616~1682) : 자는 明甫, 본관은 풍천이다. 1651년 급제하였고, 정평
　　부사 등을 역임하였다.

293 行 : 저본에 '行' 다음에 한 글자가 들어갈 공간이 비워져 있다.

294 禹昌績(1623~1693) : 자는 子懋, 본관은 단양이다. 1660년 급제하여 의성
　　현령, 황해도도사를 역임하고 1664년 동지사 서장관으로 청나라에 다녀왔
　　다. 이후 경기도관찰사, 병조참판 등을 역임하였다.

後, 發行, 宿鳳山鄕社堂. 是日, 朝行六十里, 夕行四十里.

十三日丁丑, 朝晴, 暮雨. 未明, 發行. 至釖水, 朝飯, 瑞興中火. 平壤判官李世華[296]入見. 至慈秀站, 宿于遂安假家[297]. 是日, 朝行三十五里, 午行四十里, 夕行五十里.

十四日戊寅, 晴. 未明, 發行. 到平山, 朝飯. 至金川, 朗原[298]來待. 中火後發行. 至松都, 留相朴長遠[299], 經歷權諿[300]來見. 夜, 宿于私下處. 是日, 朝行三十里, 午行

---

295 獚獚 : 앞서 4월 17일에 "岳丈自獚獚來見"이라는 기록이 있었는데, 아마도 같은 경우일 듯하다.

296 李世華(1630~1701) : 자는 君實, 호는 雙栢堂, 七井, 본관은 부평이다. 1657년 급제하여 형조, 병조, 예조, 이조판서와 지중추부사 등을 역임하였다. 인현왕후 폐비에 반대소를 올려 국문 당했다.

297 假家 : 가게 또는 임시로 지은 건물을 이른다.

298 朗原 : 필자의 아우인 朗原君이다.

299 朴長遠(1612~1671) : 자는 仲久, 호는 久堂, 隰川, 본관은 고령이다. 1636년 급제하였으나 병자호란으로 인해 피난하였고, 이후 대사헌, 예조판서, 한성부판윤 등을 역임하였다.

300 權諿(1600~?) : 자는 士和, 본관은 안동이다. 1639년에 급제하였다. 장령, 서장관, 종성부사, 안동부사 등을 역임하였다.

五十里, 夕行五十里.

十五日己卯, 晴. 罷漏後, 與書狀一時發行, 副使則落
後. 至長湍, 朝飯. 入坡州, 閔晤[301]來迎. 中火後發行, 至
高陽, 復而[302]·質甫[303]·尹敏聖[304]來見. 到弘濟院, 成生員
五兄弟[305]來見. 至沙峴, 海寧·嶺陽·海陽·昌城·福寧四兄
弟[306], 淸興·淸豐·益豐·嶺興三兄弟[307], 耽陵[308]等來待. 至

---

301 閔晤 : 앞쪽의 각주 25번을 참고.

302 復而 : 미상.

303 質甫 : 미상.

304 尹敏聖 : 사행이 출발하던 날 송별을 나온 사람 가운데 이름이 보인다. 각
주 19번 참고.

305 成生員五兄弟 : 낭선군의 장인인 成雲翰(1606~1688)의 다섯 아들을 이른다.
성운한은 자가 鵬擧, 본관은 창녕이고 汝容의 아들이다. 부인 元氏(1603~
1678)와 사이에 5남 3녀를 두었는데, 虎徵(문과 承旨), 虎烈(현감), 虎臣(문
과 持平), 虎祥(현감), 虎昌(佐郎)이고, 사위는 李栽(현감), 낭선군, 그리고
柳昌運(현감)이다. 최석정이 쓴 묘지명을 참고(『명곡집』권27, 「同敦寧成公
墓誌銘」).

306 海寧·嶺陽·海陽·昌城·福寧四兄弟 : 낭선군의 백부인 仁城君 李珙의 다
섯 아들 중에서 넷째가 海寧君 李伋이고 다섯째가 海陽都正 李僖이다. 嶺
陽君 李儹(1619~1675)은 인성군의 이복 아우인 慶平君 李玏(1600~1673)
의 아들이다. 昌城君 李佖은 선조의 아홉째 아들인 慶昌君 李珩(1596~
1644)의 4남이다. 창성군은 1672년, 1675년, 1681년 세 차례 연행을 하였
다(남구만, 『藥泉集』제20, 「昌城君墓碣銘」). 福寧君 사형제는 효종의 아

慕華舘, 花昌兄弟³⁰⁹出見. 初昏, 到新門³¹⁰外, 下處于京營庫近處. 是日, 曉行四十五里, 朝行三十五里, 午行三十里, 夕行四十五里.

十六日庚辰, 晴. 朝, 副使追到. 巳時, 就理仍爲元情.

十九日, 特命放釋³¹¹.

우 麟坪大君 李㴭의 네 아들인데, 福寧君 李栯, 福昌君 李楨, 福善君 李柟, 福平君 李㮒이다. 이상 8인이 낭선군을 마중 나왔다는 것이다.

307 淸興·淸豐·益豐·嶺興三兄弟: 淸興正·淸豐君·益豐君의 3인은 宣祖의 9남 慶昌君 李珢의 손자들이다. 경창군의 장남이 昌原君 李儁이고, 창원군의 3남이 淸平君 李湬과 청흥정 李瀗·청풍군 李沃이다. 둘째와 셋째가 낭선군을 마중 나온 것이다. 익풍군 李涀의 아들이 林原君 李杓이다(申大羽, 『宛丘遺集』권8, 「朝鮮故通訓大夫行工曹佐郎李公(廷燮)行狀」을 참고). 嶺興 三兄弟는 선조의 11남 慶平君 李玏의 세 서자인데, 앞쪽의 각주 9번을 참고.

308 耽陵: 耽陵守 李兌이다. 仁城君 李珙의 둘째 아들인 海安君 李億의 側出 세 아들 가운데 막내이다.

309 花昌兄弟: 仁城君 李珙의 5남 가운데 셋째인 海原君 李健은 6남을 두었는데, 장남이 花昌都正 李沇이고 차남이 花善都正 李浣이다(李健, 『葵窓遺稿』권12, 「眞祖母靜嬪閔氏行狀」 참고).

310 新門: "정서쪽 문을 敦義門이라 하는데, 曺一會가 현판 글씨를 썼으며 민간에서 新門이라 부른다." 『신증동국여지승람』 제2권 「성곽」의 '京城' 조목에 있다.

敬次先府君奉別寧廟赴瀋之讀[312]

微臣專對衡門關, 感古傷今獨自潛. 日落幽都迷碣石,
天空砂磧見陰山. 愁纏客鬢驚邊雪, 夢到家鄉戲綵班. 莫
道觀周吳季子, 我將蘇節又重攀.

送別[313]

細雨西郊夕, 王孫萬里行. 重將一尊酒, 秋日好相迎.
宜寧南雲卿.[314]

---

311 特命放釋:『현종개수실록』 현종 4년 계묘(1663) 9월 20일(갑신)에 "陳慰
兼 進香使 朗善君 李俁와 부사 李後山, 서장관 沈梓가 청국으로부터 돌아
왔는데 세 사신을 의금부에 내려, 사사로이 통역관에게 백금 4천 냥을 뇌
물로 줄 것을 약속한 죄를 다스렸다. 상사 낭선군 우는, 그것이 부사가 한
것이라고 하므로 상이 낭선군 우는 풀어주라고 하고 부사 이후산, 서장관
심재는 告身을 빼앗았으며 역관 등도 차등을 두어 죄를 부과하였다."고 하
였다.

312 敬次先府君奉別寧廟赴瀋之讀: 봉림대군 곧 나중의 효종이 심양으로 끌려
갈 때 낭선군의 부친인 인흥군이 작별의 시를 주었는데, 낭선군이 첫 연행의
기록을 마치고 끝에다 그 시에 차운을 하여 자기 감회를 붙인 작품이다.

313 送別: 낭선군이 서울을 출발할 때 전별하는 자리에서 여러 사람들이 송별
시를 지었을 텐데, 그 가운데 두 작품을 '송별'이라는 제목으로, 연행기의
끝에다 써둔 것이다.

314 宜寧南雲卿: 雲卿은 壺谷 南龍翼(1628~1692)의 자이다. 위 시는『호곡집』
권8에서 구체적인 제목(「西郊餞席, 承陽坡鄭相公命, 書朗善君扇, 陽坡, 鄭公
太和號」)과 함께 다음과 같이 실려 있다.

扇面題詩去,　相隨到北京.　烏蠻孤館夜,　展此慰離情.
安東 金久之.[315]

芳草西郊路, 王孫萬里行. 重將一樽酒, 秋日好相迎.

　　제1구가 완전히 다르고, 제3구의 '樽'이 서로 다른 글자로 쓰였다. 전별하는 자리에서 양파 정태화의 권유로 오언절구 한 수를 지어서 낭선군의 부채에다 써준 것이다.

315　安東金久之 : 久之는 文谷 金壽恒(1629~1689)의 자이다. 『문곡집』에 이 시는 들어 있지 않다.

又 辛亥

辛亥十月十七日, 差問安使,[1] 卽日, 上傳敎曰, "朗善君
加資以送." 十九日, 又傳敎曰, "明日開政, 朗善君加資下
批." 二十日, 肅謝. 二十一日, 禮物封裹.

二十二日, 質明, 詣闕辭朝, 司謁出來, 使之留待. 入坐
賓廳, 已而上引見于養心閣, 遂趨入, 曲拜[2]進前俯伏. 上

---

1 辛亥十月十七日, 差問安使 : 신해년은 1671년(현종 12년)이다. 낭선군은 10
월 17일에 問安使의 정사로 차임되었다. 그의 두 번째 연행이었다. 『실록』에
"낭선군 李俁를 문안사로 차출하여 瀋陽에 가서 표문을 올려 문안하게 하고
또 토산물을 바치게 하였다. 청나라 임금이 바야흐로 성묘를 하러 간다고 하
였기 때문이었다. 그들이 경내에 이르렀을 때에 청나라 임금이 이미 돌아갔
으므로 이우가 燕京으로 들어갔다."고 하였다(『현종개수실록』 12년 신해 10
월 22일). 낭선군은 10월 22일에 서울을 출발했는데, 『실록』에 출발 이전의
기록은 없다.

　청나라 황제가 심양에 오면 문안사를 보내는 것이 관례였다. 『실록』에 따
르면 낭선군보다 17년 앞서 효종 5년(1654) 8월 3일에는 인평대군을 문안사
로 심양에 보내는데, "청나라 황제가 심양에 온다는 소식을 들었기 때문."이
라고 한다. 낭선군보다 18년 뒤인 숙종 15년(1689) 5월 2일에도 "胡皇이 鳳
城에 이르러 龍山을 보고, 곧 심양을 경유하여 燕都로 돌아가자", 東原君 李
溭(1651~1717)을 정사로 하는 문안사를 연경으로 파견한 기록이 보인다.

曰, "坐於方席." 遂就方席. 上又敎曰, "起坐." 因下敎曰, "行期如是急迫, 何以治行而發程耶?" 對曰, "臣年富力强, 小無難堪之事, 而遠路所乘之具, 急遽未得, 以是伏自私悶, 千萬意外, 特賜內府駕轎, 臣誠惶■,[3] 罔知攸達. 第臣已試無狀, 決不敢再叨專對, 重辱國命.[4] 況玆陞秩, 尤出夢寐之外, 惶感交倂, 不知置身之所也."

上曰, "何間當爲渡江乎?" 對曰, "昨聞大臣之言, 皆以促行爲宜, 罔夜倍道, 則今月晦間, 當抵<u>灣上</u>." 上曰, "今日將宿何地耶?" 對曰, "日勢雖晩, 必欲進宿<u>坡州</u>." 上曰, "進往<u>坡州</u>, 則時刻幾何耶?" 對曰, "前程九十里, 拜表查對之後, 雖或疾驅, 夜必二三更矣." 上曰, "以此作行, 則越江設使差遲, 必不退數日矣." 對曰, "我境, 則各站支

---

2 曲拜 : 임금에게 올리는 절로서, 임금은 남쪽을 향하여 앉는데 신하가 마주 대하여 절할 수 없기 때문에 동쪽이나 서쪽을 향하여 절을 하는 것이다.

3 ■ : 1자가 빠졌음.

4 第臣……國命 : 낭선군이 1663년에 정사로 연행을 했을 때 유황 밀무역을 수습하느라 본국의 사전 허락 없이 청나라 역관인 提督에게 은 4000냥 지급 약속을 했다가 귀국 후에 처벌된 일을 이른 것임. 『낭선군계묘연행록』 8월 5일 기록을 참고. 제독은 四驛館의 책임자인데, "四譯衙門에 제독 1인, 대사 1인, 大通官 6인, 차통관 6인, 序班 6인, 門將 및 甲軍 등의 사람이 번갈아 入直하여 수호하고 검찰한다."는 기록이 있다. (『계산기정』 제5권, 附錄의 '官衙')

供, 夫馬交替, 雖或倍道, 別無所慮, 而渡江之後, 與此不
同, 人馬盡力致傷之後, 則小臣雖欲罔夜促行, 其勢末由.
且臣一行, 未過遼東八站之前, 若値半氷, 則又不免中路
稽滯之患, 以此以彼, 得達遲速, 未可預料, 小臣極以爲
悶矣." 上曰, "此則非人力所爲, 當觀勢作行似可."

對曰, "小臣越江之後, 當直進瀋陽, 而皇帝已還燕京,
則小臣亦爲追往燕京乎? 若往遠地, 則齎去表咨, 傳致北
京而返乎? 尋往所住處而傳致乎?" 上曰, "瀋陽以前, 則
必須倍道促行, 而皇帝已離瀋陽, 則追蹤皇帝所駐之處以
傳, 宜當." 對曰, "仄聞皇帝喜游佃, 若於野次, 大張兵威,
乘興馳獵, 則外國使臣, 直抵其處, 必以爲不喜. 臣意則
皇帝若已離瀋, 則臣當進所住近傍一二舍地, 先送譯官,
通其事狀, 然後以待指揮, 似或便當." 上曰, "此言好矣,
依此爲之."

又達曰, "皇帝若以委送使臣, 起居行在爲喜, 則已, 若
以爲'上國別無指揮, 而爾國何由知皇帝出遊之奇, 入送使
臣乎'云爾, 則小臣將以何辭答之乎? 且臣聞或者以是爲
慮云, 不得不仰達矣." 上曰, "本國梨淸差使員[5]入去瀋陽

---

5 梨淸差使員 : 梨淸은 배와 꿀을 이르는 말인데, 그 토산물을 공물로 청나라에
가지고 간 차사원이라는 의미인 듯하다. 차사원은 중요한 임무를 맡겨 임시

時, 聞有此奇而來. 故國王聞之, 不任仰慕, 卽以國王至親, 差出使臣, 罔夜倍道, 奉表起居爲對, 似好." 臣對曰, "又若曰'差員從何以聞知', 則不可不對以言根, 而彼若以入送使臣爲未妥, 則想必致責於孝禮,[6] 孝禮或恐罪及其身, 若變其當初言及之實, 則小臣之言, 似歸不實矣." 上曰, "若或生事, 則朝廷當以差使員金有男[7]當推, 此則不必深慮也." 對曰, "意外, 若有還給禮單之擧, 則將何以處之乎?" 上曰, "事若如此, 則令首譯盡力言之, 終不受之, 則還爲持來之外, 更無他策, 亦當觀勢處之."

上曰, "行中譯官, 誰誰云耶?" 對曰, "首譯徐孝男,[8] 上通事姜震模,[9] 淸譯方必濟[10]也." 上曰, "徐孝男善於淸語

로 파견하는 관리이다. 청나라에 배[生梨] 1만 9천 개를 가지고 갈 차사원을 차출하는 일에 대한 비변사의 보고가 보인다(『국역비변사등록』 9책, 인조 23년(1645) 9월 16일).

6 孝禮 : 청나라의 역관인 張孝禮인데, 장효례는 "우리나라에 있을 때에 靑坡驛에 살면서 尹墀와 함께 놀았다."는 기록이 있다. 『실록』 숙종 1년(1675) 3월 2일(경신).

7 金有男 : 문맥으로 보아 앞에 언급된 梨淸差使員인데, 그에 대한 자세한 기록은 찾을 수가 없다.

8 徐孝男 : 역관으로, 여러 번 연경에 다녀왔다. 인평대군의 1656년 연행을 수행했는데, "女眞學 嘉善 徐孝南"이라고 기록하고 있다(『연도기행』, 효종 7년(1656) 8월 3일).

耶?"對曰, "蒙淸漢語, 無不慣熟云矣." 上曰, "卜馱幾許
耶?"對曰, "臣昨日往戶曹, 與本曹堂上, 禮單卜物, 眼同
封裹, 皆以八十斤爲限, 分作十馱矣." 上曰, "行中卜馱,
亦幾許耶?"對曰, "盤纏例付馬十一疋, 驛子都卜三馱, 譯
官軍官, 竝卜刷馬, 竝不過二十餘馱矣." 上曰, "人馬如是
數少, 發程之後, 必無稽滯之弊矣." 對曰, "以此之故, 人
馬若有病故, 則他無推移之路, 尤爲悶慮矣." 又啓曰, "渡
江之後, 例有淸人護行之將, 頃年, 臣冒忝使命之日, 若

9 姜震模: 上通使라는 본문의 기록대로, 역관이다. 1675년(숙종 1) 4월 18일,
  사은사로 다녀온 靑平尉 沈益顯(1641~1683) 등에게 상을 준 기록에 "堂上
  譯官 朴而籲·徐孝男 등은 모두 자급을 더하고 노비 하나와 田 3結을 주고,
  상통사 千永善·강진모 등은 모두 자급을 더한다."는 비망기가 있다(『승정원
  일기』숙종 1년 4월 18일). 강진모는 1671년 낭선군 연행 이후 4년 뒤 연행
  에 또 참여한 것이다. 박이절·서효남은 1663년 낭선군의 첫 연행에 참여하
  였다.
10 方必濟: 역관이고, 본관은 온양이다. 관상감 直長 方以正의 아들, 內醫 方
  承男의 손자다. 아우인 方必恒(1638~)이 현종 3년(1662) 역과에 급제한 기
  록이 역과방목에 보인다.
    『실록』1677년(숙종 3) 9월 22일 조에 陳奏使 정사 福昌君 李楨(?~1680)
  일행을 포상하면서 "역관 가운데 방필제를 加資하라."고 한 지시가 보인다.
  복창군 연행에 방필제는 당상 역관 朴而籲·徐孝男과 함께 역관으로 참여하
  였다(윤휴, 『백호전서』제14권, 「上殿奏事」, 정사년(1677) 10월 12일). 방필
  제는 또, 庚申大黜陟에 경상도 淸道로 찬배된 기록이 보인다(『연려실기술』
  제34권, 「숙종조 고사본말」).

欲越站，則淸將輒爲防塞，使不得任意去就，今番小臣，亦慮如此之弊矣." 上曰，"使首譯懇通，則或不無聽從之理，然終不許之，則奈何?" 對曰，"臣行一入玉河館之後，衙門稱以上下馬宴，及領賞趁不出送，則以臣之計，勢難自由，以此尤用悶慮矣." 上曰，"人馬蘇歇之後，使首譯善爲說辭，則豈不許送?"

對曰，"臣如得竣事，則還路亦爲倍道作行乎，循例排日乎? 發行之後，則例到山海關，出送狀啓矣，今亦依此爲之乎?" 上曰，"已前或自玉河館，出送先來之時矣，如得周旋，直自玉河館發送，則甚好，予欲速知其回報耳. 還路則不必倍道疾驅，然比常時使行，則促行爲宜." 上又敎曰，"冬至使追入北京，則彼此似有難便之端，必於冬至使未入之前，發程似好." 對曰，"皇帝留駐野次，則或不無召見小臣之擧，千萬意外，若問意外之說，則小臣不知所以爲答，到此尤爲悶迫." 上曰，"此則意外，予不得料度指揮矣." 對曰，"行中處變之事，則小臣親承傳敎，敢不竭力，而但小臣略有所懷，而惶恐不敢上達矣."

上曰，"第言之." 對曰，"頃者使臣入往時，皇帝召見，有所云云，而今番若或更問意外如此之事，則小臣尤切悶迫矣." 上曰，"彼若又問此事[11]，而何無回答云爾，則當以國王深感皇帝軫念之恩，差出使臣，方爲治行，不久入來謝恩之意答之宜當."

對曰, "小臣賤慮所及, 略有所懷, 而猥濫不敢上達者, 非一二矣. 今承下敎, 不得不畢陳無隱. 臣頃年奉使, 略諳彼情, 彼人處事沈密, 絶無巧詐之態, 爲奉使者, 亦眞心對之, 則雖或有不足之處, 多有容恕之事. 若以矯飾不實酬酢, 則處變之際, 非但有所取侮辱國, 生梗專在於此, 不可不十分詳愼. 今者王世子冊禮有年, 又行嘉禮, 而本國亦未有奏請之擧, 若問如此等事, 則亦何以答之乎? 且我國搢紳諸宰之姓名, 彼輩無不洞知矣. 若曰 '時任三公以下姓名之擧', 則小臣一依聞見, 盡言無諱乎? 其中或言或不言之事乎?" 上曰, "世子冊封, 則雖自國中行禮, 年歲未及其限, 又未經痘, 尙不奏請之意, 答之宜矣. 予爲東宮時, 亦以十四, 爲奏請冊封, 足可以此爲援例也. 且右

---

11 此事 : 여기서 낭선군이 말하는 '이 일'이란 1671년을 전후한 시기 청나라와 관계에서 조선 조정이 당면하고 있던 강희제의 발언에 대한 일이다. 강희제는 이보다 앞서 진하 겸 사은 정사 福昌君 李楨을 만나고는 특별히 따로 불러서, 조선은 "임금이 약하고 신하가 강하다."고 하고, "돌아가서 국왕에게 말하라."고 하였다고 한다. 복창군은 현종 9년(1668) 5월 18일에 서울을 출발해서 북경을 방문하고 10월 11일에 서울에 도착했다.

　복창군의 보고를 두고 조선 조정에서는 오랜 기간 논의를 거듭하였는데, 낭선군은 강희제가 자기 발언에 대한 조선 조정의 입장을 질문하는 경우에 대한 고심을 현종에게 말하고 있는 것이다.

相之事¹², 當以年老, 方以乞免之意答之似可."

對曰, "彼若曰, '此人官至鼎軸, 而勅使出去時, 一不見面, 亦不一番奉使入來云爾', 則將何以答之乎?" 上曰, "本來鄕居老病之人, 雖或差除, 每每辭免不仕, 故不在朝廷, 以是答之似可." 對曰, "彼若詳知, 則以此云云, 必以我爲不實矣. 以臣之意, 右相洪重普¹³身死之後, 交代尙

12 右相之事 : '우상의 일'이란 우암 송시열을 우의정으로 임명한 일이다. 조선 조정은 낭선군이 연행한 해인 현종 12년(1671) 5월 13일에 우암을 우의정으로 삼았다. 그 앞 달인 4월 20일에 우의정 洪重普가 작고하였기 때문이다(『실록』 현종 12년 5월 13일).

우암을 우상에 임명한 일을 두고 '우상의 일'이라고 문제로 인식한 것은 이어지는 낭선군의 말에 있는 대로, 재상 반열에 오르는 터에 청나라 사신과 한 번도 만난 적이 없고 사신으로 연경을 방문한 적도 없는 우암의 경력 때문이다. 낭선군의 문제 인식에 대해 현종은 향리에 머무는 늙고 병든 사람인데다 조정에 나오지도 않는다고 말하면 좋겠다고 한다. 하지만 낭선군은 홍중보가 작고한 뒤에 후임을 아직 정하지 않았다고 하는 것이 청나라에 구실을 주지 않을 것이라고 하고, 현종은 거기에 동의하고 있다.

병자호란 이후 청나라가 조선의 내부 상황을 세밀하게 파악하고 있었다는 것이야 말할 필요가 없겠지만, 우암 등용은 청나라와의 관계를 고려해야 하는 일이었다는 점을 알 수 있다.

13 洪重普(1612~1671) : 자는 遠伯, 호는 梨川・梨浦, 본관은 남양. 1645년 문과하여 병조판서 등을 거쳐 1669년에 우의정에 임명되었다. 장남 洪得箕는 효종의 둘째 딸 淑安 郡主와 결혼하여 益平君에 봉해졌다. 차남 洪得禹의 아들이 영조 즉위 초기에 영의정을 지낸 洪致中(1667~1732)이다. 낭선군이

未差出爲答, 則彼難以爲辨矣."上曰, "此言似好, 以是答
之爲可."

又敎曰, "皇帝若見使臣, 言及本國之事, 則被災民死[14]

1663년 5월 12일 연경을 향해 서울을 출발할 때 환송한 사람 명단에 홍중보
가 보인다.

14 被災民死 : 낭선군 사행이 서울을 출발한 1671년 신해년은 그 앞 경술년에
이어 두 해째 각종 자연재해와 기근으로 나라가 큰 위기에 빠진 시기였다.
경신대기근이다. 조선뿐만 아니라 당시 동서양이 다 마찬가지였는데, 소빙
하기라고도 하는 자연재해였다고 한다. 기근과 전염병과 牛疫이 극심했는
데, 『실록』의 기록 하나는 이러하다. 낭선군 사행 20여일 전이다.

"도성 근처의 주인이 없는 藁葬된 주검을 교외의 10리 떨어진 곳에 묻게
하고 측근의 신하를 보내어 제사를 지내게 하였다. 鄭致和가 아뢰기를,
'올해 죽은 사람들을 外南山과 慕華館 뒤 여러 곳에 묻은 숫자가 헤아릴
수 없이 많습니다. 일가붙이가 있어서 다시 장사지낼 수 있는 것을 제외
하고는 관가에서 거두어 묻지 않을 수 없습니다. (중략) 다 묻었으면 측
근의 신하를 보내어 壇을 설치하고 제사지내게 하소서.'
하니, 상이 따랐다. 드디어 동서남 세 곳의 교외에다 거두어 묻었는데, 임
자 없는 주검이 모두 6천 9백 69구였고, 이 밖에 구덩이에 굴러 죽어 거
둘 수 없는 해골이 또 얼마나 되는지 알 수 없었다(현종 12년 신해 9월
30일)."

관을 마련할 수가 없었을 것이다. 전염병으로 또는 굶주려서 죽은 시신을
거적 따위로 싸서 임시로 묻은 경우 다시 장사를 지내주는 것이 당시 일반
적인 풍조였다고 생각되는데, 그럴 수 없는 주검은 관가에서 거두어 묻었다
고 한다. 7천 구 가까운 숫자다. 1671년 9월말이라는 시기에 서울에서만 그
러했으니, 두 해 동안 전국의 상황은 짐작의 영역이다. 현종은 낭선군을 청

又 辛亥 129

一款, 必須極言竭論, 俾得感動, 甚當甚當." 對曰, "臣親承 傳教, 敢不盡力爲之? 餘外之事, 臣退出, 當與大臣, 相議以去. 但此等凡事, 非至一二, 而小臣性本迷劣, 識見掃如, 朝廷間事, 尤有素昧, 而獨當受命, 出往異域, 筋力所及, 則敢不捐軀, 以效萬一, 而至於意外逆境, 則只以束手, 坐待生梗, 臣之情勢, 萬分切迫. 且臣平生不文, 凡于啓聞之事, 及彼中形勢, 實難通暢上達, 以此尤用惶悚之至." 上曰, "逆境人所難料, 都在臨機善爲之耳."

又敎曰, "頃者奉使之時, 在於何間耶?" 對曰, "癸卯年[15]也." 上曰, "何時發程耶?" 對曰, "五月發行, 九月回還矣." 上曰, "瀋陽之路, 比直路, 幾許有加耶?" 對曰, "臣頃年奉使還來時, 阻水不得由盤山之路, 自廣寧, 歷過蒙古界, 逶迤至瀋陽, 其間幾費四五日程, 而若又由中間白旗堡之路, 則多不過二三日程云矣." 上曰, "如此則不至太遠矣."

나라에 보내면서 이런 참담한 상황을 황제에게 반드시 極言竭論, 남김없이 상세하게 보고하라고 당부하고 있다.

15 癸卯年 : 1663년(현종 4)이다. 27세이던 낭선군은 진위 겸 진향 정사로 차임되어 이해 5월 12일 서울을 출발해서 25일간 북경에 체류하고 9월 15일 서울에 도착하였다. 그의 첫 번째 연행이었다.

對曰, "小臣伏聞, 今行當以兩西¹⁶驛馬帶去, 而今年豆太全失, 馬皆必不肥澤矣. 若有中路顚仆之患, 則狼狽極矣." 上曰, "兩西驛馬中, 何道馬爲優耶?" 對曰, "站站交替, 臣雖未能的知, 體小性剛者, 善於致遠, 而關西馬爲優云矣." 上曰, "今行如已排日, 則前路中, 何站寂遠耶?" 對曰, "安州去平壤一百八十里, 臣排作一日程矣." 又啓曰, "日勢過午, 而査對尙未過行, 臣敢請辭出." 上命中官, 以貂裘及臘藥¹⁷等物賜之. 仍下敎曰, "行期甚迫, 必不得治行而去, 故如是下賜耳." 臣跪而受之, 俯首流涕曰, "臣有老母¹⁸, 未嘗久離, 今將遠行, 離懷難禁, 意外天恩荐疊, 反覆丁寧, 臣惶恐感激, 不知死所矣." 上曰, "年齡已高, 其可無相離之懷?" 因下敎曰, "遠路好爲往返." 遂涕泣拜領而出.

16 兩西 : 해서와 관서 곧 황해도와 평안도를 이른다.

17 臘藥 : 臘日에 임금이 近臣에게 내려 주던 약이다. 곧 섣달에 內醫院에서 만든 蘇合元·安神元·淸心元 같은 것을 말한다. '納劑'라고도 한다.

18 老母 : 낭선군의 노모인 宋氏(1608~1681)는 이 해, 곧 낭선군이 두 번째로 연행한 1671년에 64세였다. 杆城 등지의 군수와 장악원 僉正을 역임한 宋熙業의 딸이고, 頤菴 宋寅(1517~1584)의 현손녀다. 총명해서, 낭선군 형제는 학업을 시작할 때 그 어머니에게 글을 배웠다고 한다. 光城府院君 金萬基가 쓴 묘지명이 있다(『瑞石集』 권16, 「礪山郡夫人宋氏墓誌銘 幷序」).

以黑團領, 詣仁政殿受表, 因詣慕華館查對, 日已申矣. 與諸宰相話, 到弘濟院, 檜原·福昌[19]以下來別. 逾綠磻峴, 與朗原·復而[20]·花昌[21]·聲遠[22]輩相別.

初昏, 入碧蹄暫歇, 卽爲發行, 二更, 到坡州宿. 先是, 使臣之抵燕也, 淸主招見, 詰問臣强主弱之說, 朝野聞之, 莫不憂慮, 故登對說話, 如是其縷縷矣.

二十三日, 五更發行, 到松京, 經歷作別語以贐. 夕, 到金川宿. 新海伯金徽[23]病重, 方留別堂.

二十四日, 五更發行, 到平山, 都事使之落後, 憇蔥水

---

19 檜原·福昌: 檜原君(1636~1731)은 宣祖의 13남인 寧城君의 아들로, 이름은 倫, 자는 汝明이다. 회원군은 낭선군의 한 살 위 사촌형인데, 큰 부침을 겪지 않고 96세까지 장수하였다.

　　福昌君 李楨은 효종의 아우 인평대군의 둘째 아들이다. 1680년 庚申大黜陟 때 정쟁의 소용돌이에 휘말려서 두 아우 福善君 李栴, 福平君 李㮒과 함께 역모죄로 賜死되었다.

20 復而: 미상.

21 花昌: 仁城君 李珙의 맏손자인 花昌都正 李沉이고, 인성군의 셋째 아들인 海原君 李健의 장남이다(李健, 『葵窓遺稿』권12,「眞祖母靜嬪閔氏行狀」참고). 낭선군이 첫 번째 연행에서 돌아왔을 때 화창 형제가 모화관에서 맞이하였다는 기록이 앞쪽에 있었다.

22 聲遠: 미상.

23 金徽(1607~1677): 자는 敦美, 호는 四休亭·晚隱, 본관은 安東, 1642년 급제하여 판서, 개성유수 등을 역임하였다.

站. 夕, 宿瑞興.

二十五日, 未明發行, 釣水朝飯, 鳳山中火, 宿黃州.

二十六日, 五更發行, 中和朝飯, 申末, 到平壤, 監司閔維重[24]來見. 夕, 往見監司, 監司以崇禎皇帝筆迹箕王墓刻出示.

二十七日, 四更, 監司來見, 都事使之落後, 卽爲發行, 順安朝飯, 冒大雪, 入肅川中火, 二更, 抵宿安州, 兵使閔點[25]來見.

二十八日, 寒. 日出後發行, 嘉山朝飯, 宿定州.

二十九日, 平明發行, 郭山朝飯, 宣川中火, 宿鐵山.

十一月初一日, 四更發行, 龍川朝飯, 過所串, 未時, 入義州, 府尹黃儁耉[26]來見. 宿聚勝亭.

24　閔維重 : 『실록』에 민유중(1630~1687)은 현종 10년(1669) 10월 9일에 평안 감사로 재임 중이라는 기록이 확인되므로, 낭선군의 2차 연행 약 2년 전부터 평안 감사로 재임하였다. 1671년 7월 13일에 "평안 감사 민유중을 유임시켰다."고 하는데, 1년 뒤에 형조 판서로 승진되었다. 민유중은 자가 持叔, 호는 屯村이고 숙종의 비 仁顯王后의 아버지이다.

25　閔點(1614~1680) : 자는 聖與, 호는 雙梧, 본관은 驪興, 1651년 별시 문과와 1656년 문과중시에 급제한 뒤 형조판서, 홍문관제학, 이조판서 등을 역임하였다.

初二日, 仍留. 禮單改裹, 夫馬入把.[27]

初三日, 有風, 不得渡.

初四日, 平明, 出江上, 與府尹點檢一行人馬, 遂渡江, 狀啓付送. 巳末, 渡三江, 中火于九連城邊, 露宿于金石山下, 去灣六十里.

初五日, 五更發行, 龍山朝飯, 至柵門外, 仍爲夕飯. 使徐譯[28], 通于城將, 則卽爲計數, 以入狀啓, 付送于義州回還人處. 夕, 宿于鳳凰城外閭家. 是日, 行六十里.

初六日, 平明發行, 松站朝飯, 渡八渡河. 夕, 宿于獐項人家. 是日, 行八十里.

初七日, 曉, 小雨卽霽. 未明發行, 過通遠堡, 石隅朝飯. 夕, 宿連山館. 是日, 行百里.

初八日, 夜雪. 曉頭發行, 踰會寧嶺, 至甛水站朝飯, 踰靑石嶺. 夕, 宿于狼山. 是日, 行八十里.

初九日, 曉頭發行, 冷井朝飯, 夕, 宿于遼東新城外北

---

26 黃儁耈(1616~1681) : 자는 台老. 본관은 昌原. 1646년 급제하여 의주부윤, 황해감사 등을 역임하였다. 1670년 의주부윤에 임명되어, 1671년 낭선군 연행 당시 의주부윤에 재직 중이었던 것으로 보인다.

27 夫馬入把 : 夫馬는 마부와 말, 入把는 把撥에 말을 징용하는 것.

28 徐譯 : 낭선군 사행의 首譯인 徐孝男이다.

川邊人家. 秀才李之涯來見, 詳言千山景致. 是日, 行七十五里.

初十日, 鷄鳴發行, 十里堡朝飯, 渡也里江. 夕, 宿于瀋陽城中. 聲重鼻塞, 服金銀花.[29] 是日, 行百二十里.

十一日, 仍留, 禮單改裹. 淸人處, 傳授義州回還人處狀啓付送.

十二日, 食後發行, 過永安橋, 宿于舊邊城. 是日, 行六十里.

十三日, 寒. 三更發行, 以浮橋, 渡遼河, 至新城朝飯, 過黃旗堡, 宿于白旗堡. 是日, 行一百二十里.

十四日, 五更發行, 朝飯于一道井, 夕, 宿于小黑山村舍. 是日, 行一百里.

十五日, 平明發行, 到廣寧止宿. 是日, 行六十里.

十六日, 三更發行, 閭陽朝飯, 宿十三山. 是日, 行九十里.

十七日, 四更發行, 過大凌河, 至小凌河邊人家朝飯, 夕, 宿于杏山. 是日, 行一百里.

十八日, 四更發行, 過塔山, 朝飯于連山, 宿寧遠衛. 是

---

29 聲重鼻塞, 服金銀花 : 목소리가 무겁고 탁하며 코가 막히는 감기 증상에 금
    은화(인동꽃)를 복용했다는 말이다.

日, 行一百里.

十九日, 四更發行, 東關朝飯, 宿于汕河站. 是日, 行百里.

二十日, 三更發行, 朝飯于中前所, 酉時, 入山海關, 使首譯, 停宴之意, 通于城將. 是日, 行一百里.

二十一日, 平明發行, 鳳凰店朝飯, 進宿撫寧縣. 是日, 行九十五里.

二十二日, 曉頭發行, 雙望堡朝飯, 宿于永平府漢人房星耀家. 其家富饒, 多奇玩書籍, 而但主人目不知書矣. 是日, 行七十里. 夕, 購若干書冊及鮮于樞[30]·祝希哲[31]等書迹.

二十三日, 平明發行, 觀夷齊廟, 手摹范志完[32]八分'北海淸風'四字. 朝飯後發行, 宿于沙河驛漢人姜文輔家, 主人頗解文, 可與語. 夕, 灑雪. 是日, 行六十里.

二十四日, 五更發行, 榛子店朝飯, 夕, 宿于豊潤漢人姜姓人家. 是日, 行百里, 終日有雨. 夜, 子昂[33]書簇及朱

30　鮮于樞(1246~1302) : 자는 伯機. 원나라 때의 문신이자 서예가이다. 시문과 서화에 능했고, 특히 초서로 유명하다.

31　祝希哲 : 祝允明(1460~1526)으로, 希哲은 그의 자이다. 명나라의 서화가이다.

32　范志完(?~1643) : 자는 叔愷, 호는 成六이다. 명나라 말의 문인이고 장수이다.

端³⁴畫買之.

二十五日, 平明發行, 沙流河朝飯, 午時, 到玉田, 館于漢人王公濯家. 其人能文, 頗詳言彼中事情, 明燭達曙, 以筆代口. 是日, 行七十里.

二十六日, 曉頭發行, 鼈山店朝飯, 勅使二員, 將向東國而過去門前云.³⁵ 午後, 到薊州. 是日, 行七十里.

二十七日, 平明發行, 邦均店朝飯, 宿三河. 是日, 行七十里.

二十八日, 五更發行, 到燕郊堡朝飯, 申末, 抵通州, 宿

---

33 子昂: 趙孟頫(1254~1322)의 자인데, 이름이 아닌 '조자앙'이라는 자로 불리는 경우도 흔하다. 浙江 湖州 사람이고, 원나라의 서화가·학자·관료이다. 호는 松雪, 松雪道人, 水精宮道人 등이다.

34 朱端: 명나라 正德 연간(1506~1521)에 활동한 浙派 화가의 한 사람. 자는 克正, 호는 一樵. 명나라 화가인 주단일 가능성이 많을 듯하지만, 약산 오광운은 송나라 학사인 朱端의 그림에 화제를 남기고 있으므로, 두 사람 가운데 어느 쪽인지 검토를 요한다(『藥山漫稿』16, 「家藏書畫記」).

35 勅使二員, 將向東國而過去門前云: 낭선군 일행은 연경 도착 사흘 전인 1671년 11월 26일 아침에 鼈山店에서 조선으로 향하는 칙사가 그곳을 지나갔다는 말을 듣는다. 이때 조선으로 간 청나라 사신 일행은 해를 넘겨 현종 13년(1672) 1월 5일 서울에 도착해서 詔書를 반포하였는데, 『현종개수실록』의 기록에 따르면 "천하를 통일한 것을 자랑하기 위해서였다." 이들은 三田渡를 방문하고, 1월 17일에 서울을 출발해서 귀국하였다.

于眞㺚³⁶佟姓人家. 主人有二子, 皆解文, 家中多蓄書畫, 其中有十九全史五百卷, 冣喜前簷懸自鳴鍾及鸚鵡一隻. 是日, 行七十里.

二十九日, 平明發行, 八里堡朝飯. 是日, 狂風大作, 由間路, 到東嶽廟, 從容周覽後, 以黑團領, 入朝陽門. 申時, 入玉河館. 是日, 行四十里.

三十日, 譯輩呈表咨于禮部.

十二月初一日

初二日

初三日, 因衙門言, 詣鴻臚寺, 習朝參儀.

初四日

初五日, 五更, 詣闕朝參. 臨罷, 皇帝令一善,³⁷ 引至太和殿內, 坐於諸王之末, 賜茶後, 仍爲罷出.

---

36 眞㺚: 만주에 사는 몽고 계통의 부족을 이른 말이라고 생각된다. 명나라가 몽고 또는 북방 유목 민족을 통틀어 㺚鞑이라고 하고, 후금 세력을 일러 진달로 이르기도 한 바, 의미를 분명하게 정의하기 쉽지 않다. 달단은 타타르 (Tatar)의 음역이라고 한다.

37 一善: 청나라에 잡혀가서 역관이 된 李一善이다.

初六日，終日下雪．

初七日

初八日

初九日，首譯以下，領納禮物于闕中內庫，而只皮物，尙方與工房捧之，其餘物件，還爲載來．

初十日，以衙門言，未納禮物，首譯領去，呈納于尙膳監．

十一日

十二日

十三日，禮部掛開市榜

十四日

十五日，往禮部，行下馬宴．夜，小雪．

十六日，禮部設上馬宴于玉河館．是日，極寒大風．

十七日

十八日，購韓柳歐蘇及班馬左莊等書．

十九日，平明，詣闕領賞．

二十日，辰時，離發玉河館，宿通州．

二十一日，五更發行，夏店朝飯，到三河，往見入去謝使鄭左相致和[38]·李參判晚榮[39]·鄭掌令檣．[40] 夕，宿于城外村家．夕，書狀來見．

二十二日，五更發行，邦均店朝飯，未時，入薊州，宿于獨樂寺.

二十三日, 辰時發行, 蜂山店朝飯, 宿玉田王公濯家.

二十四日, 五更發行, 沙流河朝飯, 午末, 到豊潤, 宿于漢人李有紀家, 購書冊若干卷及圖書石[41]數顆.

二十五日, 五更發行, 榛子店朝飯, 宿沙河驛姜文輔家. 明日欲往觀釣魚臺, 問前路於主人.

二十六日, 曉頭發行, 一行與駕轎, 則直送于永平府, 只率首驛, 南行四十餘里, 過灤州衛, 亦大處. 泝灤河, 行十餘里, 到江岸, 景致寂奇絶, 略與東湖·盆浦,[42] 仿佛而

---

38 鄭左相致和 : 좌의정 鄭致和(1609~1677). 자는 聖能, 호는 棋洲, 본관은 東來. 1628년 급제하였고, 1671년 2월에 좌의정에 임명되었다.

39 李參判晩榮 : 예조참판 李晩榮(1604~1672). 자는 春長, 호는 雪海, 본관은 全州. 1635년 급제하여 대사간, 평안도관찰사 등을 역임하였다. 1671년 예조참판에 승진하였으며, 같은 해 사은부사로 청나라에 다녀와서 이듬해 작고하였다.

40 鄭掌令積 : 鄭積(1635~1672). 자는 季直, 본관은 海州. 1662년 급제한 후 사간원정언, 사헌부장령 등을 역임하였다. 1671년 동지사은사의 서장관으로 사행을 다녀와서 이듬해 작고하였다.

41 圖書石 : 인장용 돌.

42 東湖·盆浦 : 동호는 지금도 쓰이는 이름이지만, 둘 다 한강의 한 지역에 있던 지명이다. 분포는 이덕형의 기록에 "高陽 幸州에서 楊花渡, 龍山, 銅雀, 漢江, 盆浦, 三田渡, 廣津, 平丘, 斗尾, 龍津, 驪州……를 거쳐"라는 말이 있다(『漢陰先生文稿』 권8, 「陳時務八條啓」).

尤■.⁴³ 朝飯後, 又行十餘里, 至釣魚臺, 一峯高插江邊, 其傍有寺, 摠名曰釣魚臺, 而明朝韓御史應寅⁴⁴別業云. 過李飛將射虎碑. 夕, 投永平府房星耀家. 是日, 朝行五十餘里, 夕行三十餘里.

二十七日, 未明發行, 雙望鋪朝飯, 宿撫寧縣.

二十八日, 三更發行, 平明到鳳凰店朝飯, 午時, 到山海關, 參宴享. 夜, 狀啓正書, 修家書.

二十九日, 平明發行, 出山海關, 到中前所, 先去人出送. 夕, 到沙河站宿.

三十日, 四更發行, 東關朝飯, 宿寧遠衛.

正月初一日, 四更發行. 徐孝男覓納酒肴, 蓋同行萬里, 又逢新元之意也. 塔山朝飯, 夕, 投杏山.

---

43 ■: 1자 빠짐.

44 韓御使應寅: 이름이 韓應寅과 韓應庚의 두 가지로 나타난다. 낭선군과 마찬가지로 한응인으로 기록한 예는 『계산기정』이다. "명나라 때 西軒 한응인이 어사로서 은퇴해 灤河에 머물면서 난하 가에 釣魚臺를 지었다."고 한다 (제2권 '灤河' 조목). 인평대군은 『연도기행』에서 한응경으로 기록하고 있다. "한응경은 곧 조어대 주인으로서 만력 연간에 연로하여 致仕한 자."라고 한다(병신년(1656, 효종 7) 9월 16일). 박세당은 한씨라고만 하였고, 金景善이나 김창협 등은 조어대 주인의 이름을 알고 싶어하지만 분명하지 않다고 여긴 듯, 기록하지 않았다.

初二日, 四更發行, 四通堡朝飯, 夕, 宿十三山. 是日, 天氣極寒.

初三日, 三更發行, 過閭陽, 曉頭, 到四方治朝飯. 夕, 到盤山宿. 所謂四方治, 卽不入廣寧, 直向盤山之間路也. 是日, 自朝至夜, 大雪極寒. 徐孝男奴子, 迷路落後. 是日, 朝行五十里, 夕行七十里.

初四日, 日出後發行, 午時, 到高平宿, 蓋留待徐奴之際, 自致日晚, 不得前進. 是日, 行四十里.

初五日, 三更發行, 沙嶺朝飯, 申時, 到牛家庄. 是日, 極寒, 朝夕俱行六十里.

初六日, 日出後發行, 耿家庄朝飯, 因欲向七嶺寺[45]間路, 而護行淸人, 終不許諾. 故遂相詰, 因留宿. 是日, 行四十里.

初七日, 平明發行, 筆管堡朝飯, 因向間路之際, 護行

---

45 七嶺寺 : 이원정의 연행기에 "이른 아침을 먹은 뒤에 길을 떠나 耿家庄에서 말을 먹였다. 遼東站은 길이 구불구불하지만 하나의 곧은길이 있으니, 七嶺寺를 지나 낭자산 앞 虎狼口로 도달하면 하루의 行役을 덜 수 있다고 한다." 는 기록이 있다(『귀암집』 제11권, 1660년 4월 26일). 낭선군 일행 역시 하루 길을 줄이기 위해서 1672년 정월 초엿새 엄동설한에 칠령사를 지나는 지름 길을 가려고 하였지만 護行 淸人이 눈길이라 위험하다고 극력 만류하여 뜻 을 이루지 못하였다.

清人, 下馬跪地, 極陳雪塞路險, 難由間路之事勢. 故進宿南沙河堡. 是日, 朝行四十里, 夕行三十里.

初八日, 曉頭發行, 過遼東城阿彌庄朝飯, 日沒後, 到狼子山. 是日, 朝行四十五里, 夕行六十里. 自盤山, 大雪沒膝, 而至此尤深.

初九日, 曉頭發行, 到甛水站朝飯, 夕, 投連山館.

初十日, 曉頭發行, 通遠堡朝飯, 初昏, 宿松站. 是日, 朝行五十里, 夕行六十里.

十一日, 日出後發行, 午時, 到鳳凰城.

十二日, 平明朝飯, 到柵門, 內城將以下出來, 搜檢一行卜物. 未時, 出柵門, 金俊立及灣尹軍官金興俊來謁. 日晡時, 到龍山中火, 三更, 到金石山林馬, 仍爲前進, 家奴持書簡入來, 始聞鄕山消息.

十三日, 日出時, 到九連城邊朝飯, 未時, 到義州, 狀啓付送. 是日, 大雪. 府尹來待江邊.

十四日, 所串中火, 覽歇良策. 夕, 宿車輦.

十五日, 辰時發行, 林畔朝飯, 雲興中火, 初更, 到定州. 是日, 亦雪. 府使楊逸漢,[46] 別設小酌以勸.

---

46 楊逸漢 : 본관은 淸州이다. 초계군수, 장흥부사, 풍천부사 등을 역임하였다.

十六日, 辰時發行, 到納淸亭暫歇, 嘉山中火, 初昏, 到安州, 兵使來見.

十七日, 兵使來見, 兵使子修撰[47]來見, 辰時發行, 到肅川, 大雪不霽, 日勢且晚, 仍爲止宿.

十八日, 縣監李衡鎭[48]與安州判官李渚[49]來謁, 因爲設酌, 連勸五六巡. 辰末, 發行, 順安中火, 到平壤七星門外, 謁箕子墓, 因入城中, 館于客舍.

十九日, 平明往見監司, 中和中火, 夕, 投黃州宿. 是日, 終日大雪.

二十日, 平明發行, 鳳山朝飯, 釖水中火, 宿瑞興.

二十一日, 未明發行, 蔥秀站朝飯, 平山中火, 客使[50]自

---

47 兵使子修撰 : 낭선군이 연경으로 가던 10월 27일 기록에 安州 兵使는 閔點이었다. 민점은 아들 넷을 두었는데, 閔安道(1631~1693), 閔宗道(1633~1693), 閔弘道(1635~1674), 그리고 閔周道이다. 민안도는 1675년, 민종도는 1662년, 민홍도는 1668년에 문과를 했으므로, 1672년 1월 16일 안주에서 낭선군이 만난 민점의 아들은 종도와 홍도 가운데 한 사람이었을 것이다. 『실록』에 민종도는 이 시기에 수찬 등 여러 관직을 역임하지만 민홍도는 관직에 대한 기록이 보이지 않는다. 그러므로 민홍도였을 가능성이 크다.

48 李衡鎭 : 본관은 德水이다. 무과에 급제하였고, 수사, 춘천부사 등을 역임하였다. 이때 肅川 현감이었다.

49 安州判官李渚 : 李渚(1632~?)은 자는 紀伯, 본관은 驪州이다.

50 客使 : 다른 나라에서 온 사신을 이르는 말인데, 여기서는 청나라 사신.

京還, 到是郡, 往見擯使李正英.[51] 監司金徽[52]來見冒雪.
二更, 進宿金川.

二十二日, 未明發行, 到松京朝飯, 留守李俊耉,[53] 經歷
洪錫龜[54]來見, 連勸數酌. 長湍中火, 宿坡州. 朗原·質
甫[55]·聲遠來待.

---

51 李正英(1616~1686) : 자는 子修, 호는 西谷, 본관은 전주. 李惟侃의 손자,
李景稷의 아들이고, 李眞儒와 眞儉의 조부이다. 1636년 문과, 이조 판서 등
을 역임하였다.

　　낭선군이 귀환할 때 황해도 평산에서 이정영을 만나는데, 그는 儐使 곧
청나라 사신을 배웅하는 책임을 지고 있었다. 낭선군 일행이 북경으로 가던
전년, 1671년 11월 26일에 鼈山店에서 스친, 조선으로 향하던 그 칙사다.
이듬해 1월 17일에 서울을 출발한 칙사 일행과 평산에서 또 서로 스친 것이다.

52 金徽(1607~1677) : 자는 敦美, 호는 四休亭·晩隱, 본관은 安東. 金時讓의
아들이다. 그림에 능했고, 작품이 전한다. 김휘는 이보다 넉 달 가량 앞서
황해 감사로 임명되었다. 『실록』 현종 12년(1671) 9월 27일.

53 李俊耉(1609~1676) : 자는 子喬, 본관은 星州. 1637년 문과하여 강원 감사,
개성 유수, 예조 참판 등을 역임하였다. 서계(박세당)가 묘지명을, 남계(박
세채)가 묘갈명을 썼다. 이준구는 1671년 10월 19일에 개성 유수에 임명되
었다(『현종개수실록』).

54 洪錫龜(1621~1679) : 자는 國寶, 호는 東湖, 九曲山人, 支離齋. 1650년 문과
하여 단천 군수, 定平 府使를 역임하였고, 1673년 7월 18일에 해주 목사에
서 파직되었다는 기록이 보인다(『현종개수실록』).

　　글씨로 유명하였다. 1674년 3월에 세운 함경도 경원 訓戎鎭 두만강 가의
水碑銘에 '평산 부사 홍석귀'가 篆額을 썼다는 기록이 있다(홍양호, 『耳溪外
集』 권12, 「北關古蹟記」).

二十三日, 鷄鳴發行, 碧蹄朝飯, 至弘濟院, 兒輩及花昌兩兄弟來待, 至慕華館, 瀛昌出來, 入京營, 福昌三兄弟出見, 相語後, 改服詣闕復命, 申末, 還家.

「感懷」[56]

十丈天山雪, 千年易水濱, 孤臣無限淚, 不但一沾巾.

「送王孫朗善君奉使如燕序」[57]

上之十一年, 王孫朗善君受命如燕, 故司袞士穆送之曰, 古者拜國之禮, 比年一小聘, 小聘以大夫, 周官, 小史治賓客之禮, 法其禮圖事, 命使具齎幣, 授使幣, 釋幣于禰, 又釋幣于門, 受命乃行.

過他國則遲途, 餼之以禮, 未入境壹肆, 及境張幨,[58] 主國使士問事, 關人問數, 遂以入[59]三展幣. 入國郊勞, 十里

---

55 質甫: 미상.

56 感懷: 연행을 마치고 복명한 뒤에 집에 돌아온 필자가 쓴 시의 제목이다.

57 送王孫朗善君奉使如燕序: 글의 끝에 있는 대로 미수 허목의 글이고, 『기언』 별집 권8에 실려 있다.

58 幨: 『기언』 별집에는 '旆'으로 되어 있다.

59 入: 『기언』 별집에는 '八'로 되어 있는데, 잘못이다.

有廬, 廬有食, 三十里有宿, 宿有委, 五十里有市, 市有積, 遣人共道路之委積.

至朝致館設殮, 大夫太牢饔餼, 三聘禮有訝享禮, 束帛加璧, 賓禮束帛, 私覿束帛乘馬, 問卿私面, 束帛四皮, 介儷皮玉錦, 主君勞賓, 卿大夫勞卿執羔, 大夫執雁, 君歸饔餼五牢, 束帛乘馬, 米三十車, 薪芻倍禾, 賓問卿私面, 束帛四皮以幣, 問嘗使者大夫, 餼賓以太牢, 君於賓, 致饔餼燕羞獻之禮, 壹食再饗, 大夫饗食賓介, 君還玉, 報享禮, 玉束帛四皮, 君館賓, 拜賜遂行. 又有贈送之禮, 既返命, 禮門及襧.

嗟呼.[60] 犬馬皮幣之事, 自古有之. <u>穆</u>嘗學邦國之禮, 相厲以禮者也. 今於王孫之行, 慨然歎息, 空言以自見意云. 重光大淵獻陟玄鳥[61], <u>孔巖</u> <u>許穆</u>, 再拜.

---

60 呼:『기언』 별집에는 '乎'로 되어 있다.

61 重光大淵獻陟玄鳥 : 고갑자로 중광은 辛이고 대연헌은 亥이며, 척현조는 음력 8월의 이칭이다. 낭선군이 문안사의 정사로 차임된 것은 그 자신의 기록에 신해년(1671) 10월 17일이었는데, 미수 허목은 그보다 훨씬 이전에 낭선군을 전송하는 글을 썼다. 이해하기 어려운 일인데, 그 의문에 대한 답은 『승정원일기』에 있다.

    謝恩 上使 望單子를 李端夏에게 전하여, "朗善君 李俁를 加資해서 보내라."고 하였다(『승정원일기』 현종 12년 8월 13일).

「奉別朗善公子萬里之行」

燕塞迢迢道路難， 星軺計日度龍灣． 飮氷祇覺君恩重，
衝雪寧愁朔氣寒． 松鶻岀西惟望月， 鳳凰城外更無山． 應
知忠節神明護， 要見歸期趁歲闌．

開城經歷洪錫龜

낭선군은 1671년 8월 13일에 사은사행의 정사로 결정이 되었고, 그래서
미수는 8월에 送序를 쓴 것이다. 참고로, 미수의 이 글은『記言』別集 권8에
같은 제목(「送王孫朗善君奉使如燕序」)으로 실려 있고 번역이 되었는데, "陟
玄鳥(음력 9월의 별칭)"이라고 간주로 처리하여, 음력 9월로 설명되어 있다.
　하지만 李圭景의 기록으로 보아, 9월이 아니라 8월이다. 이규경은 한 달
의 6候를 들면서 '8월의 6후' 가운데 두 번째로 '제비가 돌아간다(玄鳥歸).'라
는 제목 아래 '陟玄鳥蟄'이라는 말을 설명하고 있다. '제비가 떠오르는 것은
겨울잠을 자기 위해서'라는 의미이고, 그것은 8월에 속하는 일이다(『분류오
주연문장전산고』, 「氣候月令에 대한 변증설」).

又 丙寅

丙寅十月十四日, 授謝恩兼冬至使之任.[1]

十一月初四日甲申, 雪. 與副使右參贊金德遠,[2] 書狀官司藝李宜昌[3], 詣闕辭朝. 上賜酒, 賜貂皮·紗帽·耳掩·臘藥·胡椒·丹木·白燔·乾柿等物. 拜表, 至慕華館, 入參查對. 副使·書狀及領議政金壽恒·禮判南龍翼·兵判李師命, 沈梓·李選·任相元·徐文重·朴相馨·李慣, 承文正字趙泰耇·崔重泰·金始慶·成碩夔·李一台·洪重夏·朴見善·閔震煥·宋相琦等入參. 南龍翼·沈梓·李選·徐文重來見于依幕[4].

---

1 丙寅十月十四日, 授謝恩兼冬至使之任 : 병인년은 1686년(숙종 12년)이다. 50세가 된 낭선군은 출발하기 거의 여덟 달 앞서 3월 14일에 사은사의 정사로 차임되었다(『승정원일기』 숙종 12년 3월 14일). 그의 세 번째이자 마지막 연행이었다. 낭선군은 11월 4일에 서울을 출발했는데, 『실록』에 출발 기록은 없고, 귀환 기록만 있다. "돌아온 사은사 낭선군 俁와 金德遠 등을 인견하였다." 『실록』 숙종 13년(1687) 3월 22일 기사이다.

2 金德遠(1634~1704) : 자는 子長, 호는 休谷, 본관은 原州. 1662년 급제한 뒤 형조참판, 예조판서, 우의정 등을 역임하였다.

3 李宜昌(1650~1697) : 자는 德初, 본관은 龍仁. 1683년 문과하여 지평, 장령, 보덕 등을 역임하였다.

至弘濟院, 東原君⁵·呂賢齊·柳時蕃·申汝哲·具鎰來見.
至梁鐵,⁶ 朗原·瀛昌⁷·全城⁸兄弟, 成必復⁹兄弟, 光平¹⁰.

---

4 依幕 : 임금이나 관원이 임시로 머물 수 있도록 마련한 막사. 依幕所.

5 東原君 : 이름은 李澒(1651~1717)이다. 『실록』의 기록으로는 1675년(숙종 1)
에 사은 정사로, 1681년(숙종 7)에 주청사 겸 동지사로, 1689년(숙종 15)에
문안사로 임명되었다. 낭선군은 27세에 첫 연행을 하였지만 동원군은 그보다
더 이른 25세에 연로한 檜原君 李倫을 대신해서 정사로 임명되는데, 실제로
연행을 하였는지는 『실록』 등에 기록이 없다. 31세 때의 두 번째 연행은 인
현왕후 책봉을 주청하는 임무였다. 선조의 11자 慶平君 李玏(1600~1673)의
손자이고 嶺陽君 李儇(1619~1675)의 아들이다.

6 梁鐵 : 홍제원을 지나 벽제 방향으로 가는 곳에 있었던 지명. 『신증동국여지
승람』의 「한성부」의 '도로' 조목에, "서북으로 義州에 가는 것이 제1로가 된
다. 弘濟院과 梁鐵坪을 경유한다."는 기록이 있다.

7 瀛昌 : 영창군의 이름은 李沈(?~1712)이고, 仁城君 李珙의 손자다. 시호는
靖僖. 숙종 3년(1677)과 8년(1682), 16년(1690)에 각각 연행을 하였다.

8 全城 : 전성군 李混(1661~1727)으로, 낭선군의 아우인 朗原君의 둘째 아들
이다. 낭원군 李偘(1640~1699)은 적자 다섯과 서자 셋을 두었다. 全坪君 李
㳽(1659~1698), 전성군 이혼, 全溪君 李溥(1664~1760), 全山君 李深(1666~
1715) 등이다. 이 가운데 맏이인 전평군 이곽은 낭선군에게 출계하였고, 전
성군이 낭원군의 嗣子이다. 26세가 된 전성군이 연행에서 돌아온 백부를 마
중 나온 것이다. 11년 뒤에 전성군도 問安使로 차임된 기록이 있다(『실록』
숙종 24년(1698) 7월 24일).

　전성군의 아들은 益陽君 李梯, 손자는 海嶽 李明煥(1718~1764), 증손은
李素와 李靑이다.

9 成必復 : 낭선군이 첫 번째 연행에서 돌아왔을 때 홍제원으로 마중을 나온
'成生員 오형제' 곧 낭선군의 장인인 成雲翰(1606~1688)의 다섯 아들이 있

花山[11]兄弟, 礪原[12]等來別. 夕, 到高陽宿.

初五日乙酉, 晴. 閔而周[13]追到, 與尹金川[14]·閔生·全

었다. 그 다섯 아들 중에 둘째 虎烈은 5남을 두었는데, 必恒, 必復, 必大 등
이다. 그러니까 성필복은 낭선군 둘째 처남의 아들, 곧 처조카이다(최석정,
『명곡집』권27, 「同敦寧成公墓誌銘」).

10 光平 : 光平君 李溟(1650~1703)이다. 仁城君 李珙의 손자이고 海寧君 李伋
의 아들이다. 광평군의 아들은 靈源君 李欐이다(오광운, 『藥山漫稿』18, 「贈
顯祿大夫光平君兼五衛都摠府都摠管行明義大夫光平君兼五衛都摠府副摠管
神道碑銘」; 이의현, 『도곡집』제14권, 「靈原君墓碣銘 幷序」).

11 花山 : 花山副正 李渷이다. 낭선군이 첫 번째 연행에서 돌아왔을 때 모화관
으로 마중을 나온 '花昌 형제'가 있었다. 仁城君 李珙의 3남인 海原君 李健
(자는 子强, 호는 葵窓)의 장남 花昌都正 李沈과 차남 花善都正 李渷 등이
었다.

　해원군은 모두 6남을 두었는데, 그 3남이 화산부정 李渷이고 4남이 花春
副正 李濆, 5남이 花川君 李渷, 6남이 花陵君 李洮이다(李健, 『규창유고』권
12, 「眞祖母靜嬪閔氏行狀」; 김성애, 「『규창유고』해제」, 1999).

　화산부정 이연은 화산군으로, 화선도정 이량은 화선군으로 승급되었다.
화산군의 아들 綾昌君 李橚과 密昌君 李樴의 상소에 보인다(『실록』영조 11
년(1735) 5월 16일, 영조 12년 병진(1736) 5월 16일).

12 礪原 : 여원군 李柱(1664~1731)이고, 자는 廈卿이다. 仁城君 李珙의 증손,
海安君 李億의 손자이고, 瀛萊君 李涑의 嗣子이다. 영래군은 앞에 보인 瀛
昌君 李沈의 아우다(이재, 『陶菴集』권34, 「礪原君墓碣」). 동지사로 연행한
기록이 있다(『실록』영조 1년(1725) 3월 27일).

13 閔而周 : 자는 顯叔. 申翼相(1634~1697)이 형으로 부르고 여러 차례 시를
주고받은 인물인데, 낭선군 기록과 동일 인물로 보이지만, 다른 데서 더 확
인할 수가 없다(『醒齋遺稿』1, 「奉寄閔兄顯叔而周」).

坪¹⁵等相別. 午末, 到坡州宿.

　初六日丙戌, 長湍中火, 未時, 到開城府宿.

　初七日丁亥, 曉頭發行, 至金川. 監司任弘望,¹⁶ 已遞留此, 都事以下, 各兼差使員, 皆來待. 監司從容來見. 申時, 至平山宿.

　初八日戊子, 早朝發行, 至蔥秀, 遂安官吏, 不謹出待, 公兄等移囚治罪. 申時, 到瑞興.

　初九日己丑, 雪. 鳳山中火. 酉時, 到黃州, 兵使睦林奇¹⁷來謁.

　初十日庚寅, 晴. 中和中火, 申時, 渡大同江, 庶尹鄭悏¹⁸來謁于船上. 宿于東上室.

14　尹金川：미상.

15　全坪：전평군 李浿(1659~1698)인데, 낭선군의 아우인 낭원군의 장남으로 백부 낭선군의 嗣子가 되었다. 전평군 역시 적자가 없어서 전산군 李深의 아들 密陽君 李梡을 입계하였고, 밀양군의 아들이 李彦爀, 손자가 李遠, 증손이 惕齋 李書九이다.

16　任弘望(1635~1715)：자는 德章, 호는 竹室居士, 본관은 豊川. 1666년 급제하여 경주부윤, 형조참의, 도승지 등을 역임하였다.

17　睦林奇(1625~1702)：자는 士圭, 본관은 泗川. 봉산군수, 충청병사, 통제사 등을 역임하였다.

18　鄭悏(1642~?)：자는 可叔, 본관은 하동. 1675년 생원, 1684년에 韓山 郡守로 재임하고 있고, 成川 부사와 호조 正郎 등을 역임하였다.

十一日辛卯, 晴. 與書狀, 觀浮碧樓, 登牧丹峯, 又上乙密臺, 仍謁箕子墓, 入七星門. 至檀君殿, 安檀君及東明王位版. 至崇仁殿, 謁箕子位版, 至武烈祠,[19] 有尙書石星[20]及都督李汝栢[21]畫像. 至仁賢書院, 安箕子畫像, 見箕子井, 觀井田遺址, 還到練光亭, 副使·書狀及龍岡庶尹皆來會. 庶尹聞是日爲余初度, 別設大宴以餉之, 極歡而罷.

十二日壬辰, 晴. 至順安中火, 至肅川, 府使金澋[22]入謁, 監司李世白[23]以迎侯南相[24]行, 至此來見.

十三日癸巳, 晴. 食後發行, 申時, 至安州, 兵使·金城虞侯李夔[25]等入見. 謝恩使南左相九萬, 副使李奎齡,[26] 書

---

19 武烈祠: 평양에 있는 사당으로, 임진왜란에 참전한 중국 장수 5명(石星·李如松·楊元·李如栢·張世爵)을 모신 사당이다.

20 石星(1538~1599): 자는 拱宸, 호는 東泉. 임진왜란 시기 명나라의 병부상서였다.

21 李汝栢(1553~1620): 자는 子貞, 호는 肯城. 명나라의 장수로 임진왜란에 참여하였고, 이후 후금과의 전투에서 패배하여 자결하였다.

22 金澋(1636~?): 자는 仲深, 본관은 延安. 1682년 급제하여 정언, 사간, 병조참판 등을 역임하였다.

23 李世白(1635~1703): 자는 仲庚, 호는 雰沙 또는 北溪, 본관은 龍仁. 1675년 급제한 뒤 이조판서, 우의정, 좌의정 등을 역임하였다.

24 南相: 바로 이어지는 단락에 있듯이, 여기 남상은 좌의정 南九萬(1629~1711)이다. 『승정원일기』 숙종 12년(1686) 11월 22일조에 "희정당에서 돌아온 사은사를 인견하였다."고 기록하고 있다.

狀吳道一,²⁷ 入抵觀德堂, 與副使·書狀, 往見三使臣于觀德堂. 宿于東上室.

十四日甲午, 晴. 謝恩上·副使來見, 從容打話而去. 夕, 副使·書狀來會, 兵使設大宴以饋. 是日, 留南相以咨文文字未瑩, 欲令刪削, 故具由馳啓.

十五日乙未, 晴. 曉頭發行, 嘉山中火, 酉時, 到定州宿.

十六日丙申, 晴. 郭山中火, 至宣川宿.

十七日丁酉, 晴. 鐵山中火, 至龍川, 宿于聽流堂.

十八日戊戌, 晴. 所串中火, 申時, 到義州, 府尹兪命

---

25 金城虞候李夐:『승정원일기』숙종 12년(1686) 1월 10일조에 李夐를 '平安兵 虞候' 곧 평안 병영의 우후에 임명하였다는 기사가 있다. 이기는 평안 우후 이전에 훈련원 주부, 花梁 僉使, 三和 현령 등을, 이후에 長興과 宣川 의 府使를 역임하였다는 기록이 있다.

　　金城이라는 지명은 강원도를 비롯해서 전국의 여러 곳에 있는데, 조선 전 기와 중기에는 价川 郡事·永柔 縣領과 함께 金城 縣令을 임명한 예가 여럿 보이고,『세종실록 지리지』에 안주목의 숙천도호부에 속한 德川郡에 '金城 山 石城'이 보인다. 따라서 금성은 평안도 안주 부근의 현이었을 것으로 생 각된다.

26 李奎齡(1625~1694) : 자는 文瑞, 본관은 韓山. 이조판서 顯英의 아들이고 목사 徽祚의 아들이다. 1662년 문과, 형조판서를 지냈다.

27 吳道一 : 오도일은 그의 연행을 기록하여「丙寅燕行日乘」을 남기고 있다. (『西坡集』권26, 雜識)

一[28]來見, 館于凝香堂.

十九日己亥, 晴. 仍留.

二十日庚子, 晴.

二十一日辛丑, 晴. 咨文一度, 自京來.

二十二日壬寅, 雨.

二十三日癸卯, 晴. 咨文一度, 又爲來到, 孫殤報至[29], 痛哭. 巳時, 三使臣會于迎春堂查對, 府尹設酌以餞.

二十四日甲辰, 晴. 書狀及府尹, 先至江上, 一行人馬搜驗. 午時, 與副使至江岸, 書送狀啓. 府尹執酌以別, 以氷渡鴨綠, 野宿于九連城近處.

二十五日乙巳, 晴. 未明發行, 至金石山朝飯, 申時, 到難坂, 宿于野次.

二十六日丙午, 雪. 平明發行, 至柵門外朝飯, 使淸譯,

---

28 兪命一(1639~1690): 자는 萬初, 본관은 杞溪. 西人 가운데서도 과격파로 주로 정언·지평 등 언관으로 있으면서 南人 축출에 앞장섰다.

29 孫殤報至: 낭선군의 손자가 요절했다는 소식이 왔다는 말이다. 낭선군은 적자가 없어서 아우 낭원군의 장남인 전평군 李濚(1659~1698)을 嗣子로 하였는데, 서자와 서녀는 각각 둘씩을 두었다. 서자로 둘째인 星昌君 李濡는 아들 慶興君 李栴과 慶陵副守 李梡을 두었는데, 족보에 경릉부수 이원은 "未娶夭", 장가들지 못하고 요절하였다고 기록되어 있다(『璿源續譜』 권8, 인흥군파).

通于城中, 則城將以下出來, 依例饋酒, 給禮單. 入柵狀
啓付送. 至鳳城, 宿于淸人夏璽家.

二十七日丁未, 晴. 日出後發行, 宿于松站劉重元家.

二十八日戊申, 晴. 平明發行, 八渡河邊朝飯, 申時, 至
通遠堡宿.

二十九日己酉, 雪. 平明發行, 至畓洞朝飯, 踰分水嶺,
申時, 到連山舘宿.

三十日庚戌, 大雪. 平明發行, 踰會寧嶺, 午到甛水站
朝飯, 欲爲前進, 而大雪終日, 故仍留.

十二月初一日辛亥, 晴. 辰時發行, 逾靑石嶺. 未時, 到
狼子山宿.

初二日壬子, 雪. 平明發行, 阿彌庄朝飯, 抵遼東舊城,
觀永安寺, 小憩胡嘉璘家, 仍往觀白塔. 夕, 抵新城, 宿于
劉文魁家.

初三日癸丑, 晴. 平明發行, 闌泥堡朝飯, 未時, 至十里
堡宿.

初四日甲寅, 晴. 未明發行, 到白塔堡朝飯, 午到瀋陽
察院.

初五日乙卯, 晴. 歲幣分半, 傳納戶部之際, 日勢已晚,
故仍留.

初六日丙辰, 晴. 方物交付之意, 狀啓付送于團練使[30]

之行. 未時發行, 出西門, 入觀汗願堂, 窮極奢麗. 郭胄世者寓居此地, 而曾爲吳三桂書記, 頗詳言戰伐曲折. 抹馬于孤家子, 酉時, 到邊城宿.

初七日丁巳, 晴. 鷄鳴發行, 踞流河朝飯, 抹馬于大黃旗堡. 酉時, 到白旗堡宿.

初八日戊午, 晴. 鷄鳴發行, 一道井朝飯, 酉時, 到小黑山宿.

初九日己未, 晴. 平明發行, 朝飯于中安堡, 申時, 到廣寧. 齎咨官李後冕,[31] 回自北京, 付送狀啓.

初十日庚申, 晴. 平明發行, 至閭陽朝飯, 申時, 到十三山宿.

十一日辛酉, 晴. 平明發行, 大凌河朝飯, 申時, 到小凌河宿.

十二日壬戌, 晴. 平明發行, 杏山朝飯, 宿高橋堡.

十三日癸亥, 晴. 平明發行, 連山驛朝飯, 歷觀永寧寺, 寺僧進茶果. 申時, 至寧遠衛, 觀祖大壽牌樓, 宿于村舍.

十四日甲子, 雪. 未明發行, 中右所朝飯, 申時, 到東關

---

30 團練使: 우리나라 사신이나 중국 사신의 왕래에 수행하면서 호송하는 임무를 맡은 직책이다.

31 李後冕: 미상.

驛宿.

十五日乙丑，晴．平明發行，至沙河站朝飯，申時，到兩水河宿．

十六日丙寅，晴．四更發行，至中前所朝飯，暫賞望夫石，仍至山海關外，待其人馬之畢到，入關．午時，抵下處．

十七日丁卯，晴．城將設宴，此處衙譯生梗，使不得前進，故一行仍留．午後，登角山寺．

十八日戊辰，晴．平明發行，鳳凰店朝飯，酉時，到撫寧縣宿．

十九日己巳，雪．平明發行，雙望堡朝飯，申時，到永平府，宿于房星耀舊家．

二十日庚午，晴．平明發行，至夷齊廟朝飯，申時，到沙河驛宿．

二十一日辛未，晴．曉頭發行，到榛子店朝飯，申時，至豐潤縣，宿于曹秀才家．

二十二日壬申，晴．平明發行，沙流河朝飯，申時，到玉田，宿于王公濯家．王曾有顏面，待之極敬．

二十三日癸酉，平明發行，鰲山朝飯，未時，到薊州，宿于秀才兪姓人家．

二十四日甲戌，晴．平明發行，至白澗店，觀香火菴，至公樂店朝飯. 未時, 到三河縣, 宿于王之鳳家.

二十五日乙亥, 晴. 平明發行, 至夏店朝飯, 午時, 到通州, 登十字樓, 俯臨城中. 金尙暐進橘柚, 其味奇絶. 夕, 到下處.

二十六日丙子, 晴. 曉頭發行, 八里堡朝飯, 至東嶽廟, 改服入朝陽門, 抵玉河館小憩, 三使臣仍往禮部, 呈咨文而還.

二十七日丁丑, 晴. 一行具服下庭, 行朝參習儀.

二十八日戊寅, 晴. 使臣以下, 往鴻臚寺, 行朝參習儀.

二十九日己卯, 晴, 大風.

丁卯正月初一日庚辰, 晴. 一行黑團領, 四更, 詣闕, 至午門外, 千官已會矣. 清主乘黃屋, 出往鄧將軍廟, 焚香而入, 日出後, 坐太和門樓, 一行入庭, 行朝參. 午後, 又入參太平宴, 申時, 還玉河館. 皇極殿則火災後, 尙未重建矣.

初二日辛巳, 晴. 李一善·張孝禮等送桲子, 其味奇絶.

初三日壬午, 晴.

初四日癸未, 晴.

初五日甲申, 晴.

初六日乙酉, 晴.

初七日丙戌，晴．

初八日丁亥，晴．

初九日戊子，晴．

初十日己丑，晴．

十一日庚寅，晴．

十二日辛卯，晴．

十三日壬辰，晴．

十四日癸巳，晴．

十五日甲午，晴．此地之俗，是日觀燈．自初旬，城中簫鼓震動，各兼砲響，晝夜不絕．初昏，諭門將出路上觀火，二更還入．

十六日乙未，晴．

十七日丙申，晴．簫鼓之聲及觀火之戲，自此日，寂然無聞焉，各司始開印云．

十八日丁酉，晴．

十九日戊戌，晴．

二十日己亥，晴．

二十一日庚子，晴．

二十二日辛丑，晴．

二十三日壬寅，晴．

二十四日癸卯，晴．

二十五日甲辰, 晴.

二十六日乙巳, 晴. 首譯以下詣闕, 呈納歲幣方物.

二十七日丙午, 晴. 方物物件中, 龍紋席二張不足. 上通事李英立,[32] 給價鄭國卿處貿納. 一行購得火燈, 乘夜放火, 各兼物像, 奇巧呈露, 所見極奇.

二十八日丁未, 晴.

二十九日戊申, 晴. 禮部始掛告市榜.

二月初一日己酉, 晴.

初二日庚戌, 晴. 早朝一行詣闕, 至午門外領賞.

初三日辛亥, 晴. 使臣往禮部, 行下馬宴. 左侍郎額星格[33]押宴.

初四日壬子, 晴. 禮部右侍郎閨我斯,[34] 來到館所, 行上馬宴.

初五日癸丑, 晴.

初六日甲寅, 晴.

初七日乙卯, 晴.

---

32 李英立 : 1670년 李元禎의 연행 때 역관으로 이름이 보인다(『귀암집』제12권).

33 額星格 : 청나라의 관리다.

34 閨我斯 : 미상.

初八日丙辰, 晴.

初九日丁巳, 晴.

初十日戊午, 晴.

十一日己未, 晴. 辰時, 發玉河館, 未時, 至通州宿. 是日, 大風揚沙, 人不得開眼.

十二日庚申, 晴. 平明發行, 夏店朝飯, 未時, 到三河宿.

十三日辛酉, 晴. 平明發行, 邦均店朝飯, 宿薊州.

十四日壬戌, 晴. 平明發行, 鱉山店朝飯, 午時, 到玉田, 宿于王公濯家, 主人進茶果.

十五日癸亥, 晴. 平明發行, 沙流河朝飯, 午時, 到豊潤, 宿于曺姓人家, 主人進柑橘, 又出扇面, 受拙筆.

十六日甲子, 雨. 平明發行, 榛子店朝飯, 沙河驛宿.

十七日乙丑, 陰. 未明發行, 蔣家屯朝飯, 還到永平府城外, 沿灤河數十里, 觀釣臺, 路左有淸將蔡士英[35]墳墓,

---

35 蔡士英(?~1674) : 자는 伯彦, 호는 魁吾, 遼寧 사람. 명말청초의 문인이고 장수이다. 蘇洵의 문집인 『嘉祐集』을 간행한 학자이기도 하다(李章佑, 『당송팔대가문초 蘇洵』1, 「해제」, 전통문화연구회, 2011).

　　홍대용, 『연기』의 「射虎石」 조목에 "길가에 묘비가 있었는데, 채사영의 무덤이었다."고 하고 姜銑, 『연행록』의 경진년(1700) 2월 19일 조목에 "李將軍 사호석이 있는 곳에 左侍郞 채사영의 분묘가 보였다."고 기록하고 있다.

石儀甚壯麗. 酉時, 到永平府, 宿于房星耀家.

十八日丙寅, 晴. 平明發行, 雙望堡朝飯, 至撫寧縣宿.

十九日丁卯, 晴. 平明發行, 鳳凰店朝飯, 循長城, 南走十餘里, 至望海亭觀覽. 申時, 到山海關, 宿于私家.

二十日戊辰, 晴. 軍官金挺輝, 副使軍官安重徽, 譯官金慶俊, 授狀啓先出去. 辰時, 發行, 中前所中火, 申時, 宿兩水河.

二十一日己巳, 晴. 平明發行, 沙河店朝飯, 宿東關. 是日, 大風.

二十二日庚午, 晴. 平明發行, 中右所朝飯, 午時, 到寧遠衛宿. 是日, 大風, 夜, 雨雪交下.

二十三日辛未, 晴. 日氣甚寒. 平明發行, 連山驛朝飯, 午時, 到高橋堡宿.

二十四日壬申, 晴. 平明發行, 松山朝飯, 午時, 到小凌河宿.

二十五日癸酉, 晴. 平明發行, 大凌河朝飯, 午時, 到十三山宿. 价州衛人, 生擒虎, 載檻車以去者, 問之, 則將往北京, 進獻于皇帝所云.

二十六日甲戌, 晴. 曉頭發行, 朝飯于閭陽, 午時, 到廣寧宿. 是日, 大風.

二十七日乙亥, 晴. 曉頭發行, 中安堡朝飯, 宿小黑山.

二十八日丙子，陰．夜雨雪雷電．曉頭發行，至一道井朝飯，到白旗堡宿．

二十九日丁丑，晴．曉頭發行，至大黃旗堡中火，抹馬于踞流河．申時，到邊城宿．

三十日戊寅，晴．平明發行，永安橋朝飯，午時，到瀋陽察院宿．

三月初一日乙卯，平明發行，火燒橋朝飯，午時，到十里堡宿．

初二日庚辰，晴．平明發行，闊泥堡朝飯，午時，到遼東，宿于劉文魁家．

初三日辛巳，晴．平明發行，歷訪胡嘉璘，主人設大宴，供一行上下，又集戲子，呈百戲以娛行中，多給禮單．冷井朝飯，申時，至狼子山宿．夜，洒雨卽止．

初四日壬午，晴．平明發行，至甜水站朝飯，宿連山關．

初五日癸未，晴．平明發行，至畓洞朝飯，宿于通遠堡．

初六日甲申，晴．平明發行，朝飯于八渡河邊，宿于松站．

初七日乙酉，晴．平明發行，至乾者介朝飯，午時，到鳳城，宿于夏璽家．

初八日丙戌，晴．日出後發行，至柵門，得見京報，迷豚聞兒殤哭泣,[36] 所見酸悲. 行中雇車, 多未及到, 我國刷馬, 亦未齊到, 故終日等待, 至夕, 還入鳳城宿.

初九日丁亥, 雨. 平明發行, 至柵門內, 城將出來, 卜駄搜驗. 申時, 始出柵門. 酉時, 到孔巖, 宿于野次. 自柵抵燕, 又留館四十餘日, 又自燕還至柵, 而終未有大寒大雪, 故人馬不至凍傷, 是則可謂幸矣.

初十日戊子, 晴. 平明發行, 至馬轉坂朝飯, 未時, 至小西江, 船隻趁不整齊, 差使員水口萬戶,[37] 決棍三度, 至鴨綠江, 義州府尹及差員等待侯, 略設盃酌, 遂卸舟, 登統軍亭觀覽. 申時, 到凝香堂, 書送渡江狀啓.

十一日己丑, 有雨. 仍留.

十二日庚寅, 晴. 日出後發行, 至所串朝飯, 良策中火, 宿車輦.

十三日辛卯, 晴. 宣川朝飯, 雲興中火, 宿定州.

十四日壬辰, 晴. 日出後發行, 小憩納淸亭, 嘉山中火. 申時, 渡淸川江, 登百祥樓, 副使·書狀, 皆會設酌. 宿于

---

36 迷豚聞兒殤哭泣 : 迷豚은 남에게 자기 아들을 이르는 겸칭. 낭선군의 아들이 그 아들, 곧 낭선군의 손자가 요절했다는 소식을 듣고 곡을 했다는 것이다.
37 戶 : 저본에는 이 글자가 없고 한 글자를 지운 흔적만 있는데, 이 부분의 원문을 '水口萬戶'라는 관명으로 읽어야 할 곳이므로 첨가해야 할 듯하다.

觀德堂. 兵使身病, 只虞侯出待.

十五日癸巳, 晴. 午, 抵肅川宿.

十六日甲午, 晴. 順安中火, 申時, 到練光亭, 監司·庶尹來見, 海昌尉[38]亦來見.

十七日乙未, 晴. 日出後, 往見監司, 渡大同江. 庶尹設■[39]於船上. 午, 到中和中火, 申時, 到黃州, 兵使有子喪, 不得出見. 黃海都事來現, 使之勿爲陪行.

十八日丙申, 晴. 日出後發行, 至鳳山, 灣尹蘇斗山[40]入見, 劍水中火, 宿瑞興.

十九日丁酉, 晴. 蔥秀中火, 宿平山.

二十日戊戌, 晴. 金川朝飯, 至靑石洞, 逢着副使子弟相話. 宿松京, 經歷及京畿都事入見, 留守亦來見, 都事使之落後.

二十一日己亥, 雨. 至長湍朝飯, 府使李世華[41]入見. 坡

---

38 海昌尉 : 吳泰周(1668~1716)이다. 吳斗寅의 아들로, 현종의 셋째 딸인 明安公主와 혼인하고, 歸厚署 提調 등을 지냄. 글씨에 뛰어나 왕실의 玉冊·神板·幽誌 등을 많이 썼다.

39 ■ : 한 글자 빠짐.

40 蘇斗山(1627~1693) : 자는 望如, 호는 月洲, 본관은 晉州. 1660년 급제하여 정언, 지평, 나주목사 등을 역임하였다.

41 李世華(1630~1701) : 자는 君實, 호는 雙栢堂·七井, 본관은 富平. 1657년

州中火, 成漣川及成必復·全坪君來待. 申時, 到高陽宿.

二十二日庚子, 雨. 至弘濟院, 朗原及全城兄弟, 成承旨兄弟, 成必升及尹金川來待. 小憩, 至京營庫改服, 詣闕復命. 上引見, 因問沿路所聞.

「呈副价相公求 和」

報效平生志未開, 猥叨專對愧非才. 陰山積雪鴨江雨, 五五年間六往來.

「次上使燕行韻」[42]

급제한 뒤 이조판서, 지중추부사 등을 역임하였다.

42 「次上使燕行韻」: 제목만 있고 내용은 없다. 시가 들어갈 만한 공간으로 두 줄을 비워 두었다.

「奉贐朗善公子赴燕之行」[43]

許國寸心丹，十年三遠役．獨賢不言勞，萬里視咫尺．

公今萬里行，我已十年病．病中送遠行，衰淚可堪迸．

曲水傳眞蹟，唐稱十二詩．文皇聖敎序，三者倘一施．

【蘭亭眞蹟，十二唐詩，三藏聖敎序，所欲得者故云】

紙吾甚愛之，不可無藥物．老來別有須，眼鏡明如月．

【黃連·厚朴·陳甘·烏藥·砂仁等品，實爲要藥，而所常服者，故及之】

　　公之提調釐正廳[44]也，德亮以僚屬事公者至二年之久，

每進而稟事，必頷而可之，似有以獎許之者，德亮感激

心識之不敢忘．釐正旣罷，德亮以下士，奔走職事，旋又

病廢，重以貴賤之嫌，不得踵門矣．今以公有燕行，乃進

而候之，則公賜之坐曰，"年前共事之勞，余久不能忘．

今日之行，君豈得無情？宜有一言之贐．且余知君多病

須藥物，又酷好書籍，余行有所得，當爲君贈之."德亮

感悚，拜謝而退，雖不敢當其贐行之托，亦有所不敢辭

者，而顧德亮方供劇仕，公行又迫，不得構思，姑記別席

---

43 「奉贐朗善公子赴燕之行」：뒤에 붙어 있는 글에 있는 대로, 韓德亮이 낭선
　　군에게 준 전별시 4수이다.

44 釐正廳：軍政이나 田政의 폐단을 고쳐 바로잡기 위하여 두는 임시 관아.

所敎之話, 分爲四絶句仰呈, 不足以盡, 區區之下誠云.
丙寅仲冬朔朝, 西原 韓德亮再拜.

善本燕行錄校註叢書17세기①

校註 飲氷錄

李 烋 著

金允朝·金敏學 校註

2023년 2월 28일 초판 1쇄 발행

펴낸이 유지범

발행 성균관대학교 출판부

등록 1975. 5. 21. 제1975-9호

주소 (03063) 서울시 종로구 성균관로 25-2

전화 760-1253~4 | 팩스 762-7452

홈페이지 press.skku.edu

조판 고연 | 인쇄 및 제본 영신사

ISBN 979-11-5550-574-8 93810